小学館文庫

えんま様の忙しい49日間

散り桜の頃

霜月りつ

小学館

CONTENTS

busy 49 days
of Mr.Enma
Written by Ritu Shimotuki

第一話

えんま様と井の頭池の主

busy 49 days
of Mr.Enma

序

早く自宅へ戻りたい。

矢代剛丈《やしろよしたけ》は疲れたからだでそれだけを考えていた。

矢代が立っているのは駅から少し離れた大通りで、たくさんの飲食店の看板やネオンが立ち並ぶ道路だ。どの店からも灯《あかり》が漏れ、賑《にぎ》やかに食を誘う。駅前にもタクシー乗り場はあるが、終バスを逃したときにこの通りで車を捕まえる。今日もそのつもりだった。

(ああ、疲れた……)

肩にも足にも重い塊が載っているようだ。いや、頭の上にも載っている。一秒でも早く家に戻って布団に横になりたい。考えてみたらいつから家に戻っていないのだろう。家で寝たのなんて遠い昔のようだ。

早くぐっすり眠りたい。なのにどうしてタクシーが止まってくれないんだろう。

さっきからたくさん空車は来るのに、こうやって手をあげているのに、一台も止まらないなんて。

　何台目かのテールランプを見送って矢代はため息をついた。

「ここでタクシー待ってたって来ないぞ」

　声を掛けられて矢代はぎくしゃくと振り向いた。街灯の下で、大学生くらいの若い男がしかめ面でこちらを睨《にら》んでいる。目つきが鋭く、なにか自分に対して怒っているようにも見える。

「おまえ、タクシー待っているんだろ」

　若者はそう言った。自分の息子くらいの歳《とし》なのにおまえ呼ばわりか、目上の者に対する口のきき方がなっていないな。しかし、今なんと言った？　タクシーが来ない？

「まさか、ここはタクシーの乗降が禁止されたのかい？」

「俺がいい乗り場を教えてやるよ。そこなら必ず乗れるんだ」

　若者はついてこい、と背を向けた。矢代はその背中を追おうとした。だが、足が動かない。

「ま、待ってくれ、足が」

　若者は振り向いて矢代の足を見ると「ああ」とうなずいた。

「おまえ、あんまり長いこと待ってたから、足に根が生えたんだな」

「ええ？」

改めて足を見ると、確かに足からなにかが生えて石畳の中に食い込んでいる。蔓《つる》のようにも見えたし、藻のようにも見える。

「うわ、なんだこれ！　助けてくれ」

「待ってろ」

若者はしゃがみこむと矢代の足から生えているものを掴《つか》んで引きちぎった。足から直接抜き取られたのに、とくに痛くはなかったのが不思議だ。

「さあ、これで歩きやすくなっただろう？　一緒に来い」

「あ、ありがとう」

肩を並べて歩くと、彼の方が身長があった。そういえば、息子もいつの間にか自分の背を追い越していたな……。

「ずいぶん疲れているようじゃないか」

若者が振り返って言った。相変わらず怒ったような顔だが、声には労《いた》わりがあった。顔に疲れが出ているのだろうか、と矢代は頬《ほほ》や目の下を擦《こす》る。

「そうなんだ。仕事が忙しくてね、ずっと家に帰れなかったんだ。今日、ようやく帰れるんだよ。自宅の布団が恋しいよ」

助けてもらったことも嬉《うれ》しかったが、他人と話すのもずいぶん久しぶりな気がして、矢代はつい言わなくてもいいようなことを言った。

「そうか、今までご苦労さんだったな。これからはもう働かなくていいぞ」

慰めるような調子で言われたが、矢代は首を振った。

「そういうわけにはいかないよ。俺が働かないと困るだろ。息子は大学に進学しなきゃならないし、嫁とも旅行に行こうって約束してたんだから」

若者はちょっと悲しそうな顔をしたが、それは車のライトが眩《まぶ》しくて目を細めただけかもしれない。

「息子のことは心配いらねえよ、おまえの保険金で無事大学に入った。卒業して、ちゃんと就職もした」

「え……どういう意味だい？」

「結婚して子供もできた。おまえのおかげで幸せに過ごしていると毎年丁寧に供養もしてる。おまえはまだこっちで迷ってたのにな」

若者の言葉がゆっくりと胸にしみてくる。意味がよくわからなかったが、なんだか安心できた。

そうか、家族は幸せなのか。家族を幸せにするために生きてきた。だったら――

だったらもういいのかな。

「さあ、車が来たぞ」

矢代は目の前に止まった車を見て驚いた。

「わあ、ずいぶん立派な車だな」

「そうかい？」

「大きいし、金ぴかの屋根がある……これは知っているぞ。たしか霊柩車だ」

若者は後部の扉を開いた。

「古いタイプで悪いがな。さあ、乗ってくれ」

「俺はこれには乗ることはできないよ。俺の乗る車はこれじゃない」

「いいんだ、これだ。向こうで嫁さんが待ってるんだよ」

その言葉に矢代はドキリとした。まるで初めての見合いのときのように。

親戚の家の座敷が見合いの場だった。座って待っていたら腰高障子の下のガラスの部分に、花模様の着物のすそが見え、白い足袋をはいた小さな足が見えた。なんて小さな足なのだろう、と矢代は思い、そのとき、この人を守りたいという気持ちが湧き起こった。

障子を開けて妻になる女の顔を見たときには、もう気持ちは固まっていた。

「ほんとに待っているのかい？」

「本当だよ、あんたが来なくて困ってる。旅行に行くんだろ？　スーツケースの暗証番号がわからないって言ってるぞ」

「ああ……そうか」

矢代は笑った。腹の中が温かくなる思いだった。

「あいつ、いつもそういうの忘れるんだ。そのたびに俺が教えて……。相変わらずなんだな」

矢代は霊柩車に乗った。うっかりして車内を見まわして思わず呟《つぶや》いてしまう。

「霊柩車の中は椅子はないんだなあ」

「ああ、そうだな、うっかりした。でも一瞬で着くからいいだろう」

若者は車の外からすまなそうに言った。矢代は若者に頭をさげた。

「ありがとう、俺、忘れていたんだ。あれからずいぶんたったたんだな」

「そうだな、突然だったから気がつかなかったんだろう」

矢代は後部のスペースから最後の外を見上げた。ネオンが輝く町の夜空がとても懐かしく温かに見える。

「息子はもう社会人か……嫁も向こうか。ひどく待たせてしまっただろうか？」

「着いたら遅刻を謝るんだな」

「うん、そうなんだ。俺はいつも時間に遅れて謝るんだ……」

霊柩車の扉が閉まり、その姿が消えた。若者はやれやれとため息をつく。

「くそう、また働いてしまった……」

一

「エンマさま、無事、死者を送れましたね」

細いからだをスーツで包んだ青年が声をかける。

「まったくこんなところに突っ立ってんなよって話だ」

車のライトが流れてゆく大通りに目をやりながらエンマと呼ばれた彼は答えた。

地獄の閻魔《えんま》大王は年に一度の休暇中。地獄での一日は現世《うつしょ》での四九日間。その期間を大央炎真《だいおうえんま》という仮の姿でのんびり過ごすつもりだったのが、こちらにきてみれば思っていたよりはぐれ霊が多い。放ってはおけないので見つけたら彼岸へ送るようにしている。

「あの人、家に帰りたかったんでしょうねえ」

「死因は心筋梗塞だそうだ。タクシー待ってて急死したらしい」

炎真は持っていた巻物をくるくると閉じる。それには矢代剛丈のこれまでの人生が記録されていた。人の一生はこのように記録され、地獄の記録庫に保管されている。

「司録《しろく》、司命《しみよう》」

炎真は地獄の記録係の名を呼び、巻物を空に放った。同時にしゃららーんという金属的な音が響いて子供が二人、宙から現れた。袖の長い鮮やかな刺繡《ししゆう》の入った着物に似た服を着ている。巻物は彼らの手に触れるとすぐに消えた。

「司録、司命、ご苦労。もう戻っていいぞ」

「えー、つまんないですー」

丸く長い耳のついた烏紗帽《うさぼう》と呼ばれる帽子をかぶった、男の子の司録が言う。

「もっとこっちにいたいですぅ」

長い髪をたくさんの簪《かんざし》でまとめあげた、女の子の司命も言う。

二人の長い袖がくるくると照明の光の中で翻る。道をゆく人たちは奇妙な衣装を着た子供にも微笑《ほほえ》ましいまなざしを向けるだけで、基本無視だ。子供になにかのコスプレをさせていると思っているだけなのだろう。

「おまえらな、遊びに来てるんじゃないんだからな。あと、その効果音やめろ」

愛らしい子供の顔をしているが、司録と司命は閻魔大王の記録係だ。死者の記録を書庫から出したり読み上げたりする。炎真の呼び出しひとつで地獄からやってくるが、現れるときにやたらと凝った効果音をつけるのが今の二人のブームだ。

「彼らも滅多に現世に来られないんだから大目に見てください、エンマさま」

とりなしたのはスーツの青年、閻魔大王の秘書を務める元・人間の小野篁《おののたかむら》。元、とは言っても、千年以上も前、平安時代と呼ばれた頃の人物だ。しかし、スーツの着こなしといい、前髪をあげてカチューシャを着けているところといい、昔の人間にはとても見えない。

「今の人も過労で亡くなられたんでしょう？　仕事ばかりじゃストレスがたまりますよ」

「……こいつらにストレスなんて存在するのか？」

炎真に横目で見られた二人は、不満そうなふくれっ面をしてみせた。

「それって差別ー」

「司命たちだってストレスありますよぅ」

炎真はデニムのポケットからハイチュウとぷっちょを取り出した。

「どっちを喰う？」

「えー、ハイチュウ……じゃなくてぷっちょ……？」

「ぷっちょ！　じゃなくてぇハイチュウ……？　うーんうーん」

両手でハイチュウとぷっちょをひらひらさせる炎真の周りを、司録と司命はぴょんぴょんと飛び跳ねて手を伸ばした。

「どっちもーどっちもー」

「ストレスあると思うか？」

真面目な顔をする炎真に篁は苦笑した。

「意地悪しないで両方ともあげてくださいよ」


炎真と篁、それに司録と司命の四人は、井《い》の頭《かしら》公園への道をぶらぶらと歩いていた。公園を彩っていた桜もそろそろ終わりだったが、散り桜も美しいと言われて見物に来たのだ。

「公園の池が桜の花びらでびっしり埋まり、それはそれできれいですよ」

そう教えてくれたのは炎真たちが住んでいるアパートの大家だ。

地蔵路生《じぞうみちお》と名乗る彼は地蔵菩薩《ぼさつ》の化身。各地の辻に祀《まつ》られている分身たちのネットワークを生かし、現世の世界で不動産屋を営んでいる。炎真が現世に出てくるときは、いつも地蔵が棲《す》み家を用意してくれていた。

見た目はおっとりとした優しい姿だが、だらだらと遊んですごしたい炎真をなんだかんだとこき使う策士だ。今回もタクシー待ちサラリーマンの霊がいるのでなんとか説得してほしいと菓子折り片手に頼んできた。甘いものに目がない炎真は道明寺と鶯《うぐいすもち》餅で簡単に陥落してしまった。

「あんな霊を放置して……。死神は仕事をしてねえのか」

炎真は地上の灯で星の見えない夜空を見上げた。ときおり白いものが横切ってゆくが鳥でも流れ星でもない。死者を迎えにゆく死神の姿だ。

「仕方ないですよ、あの人自分が死んだとは思ってなくて、まったく死神の存在に気づかなかったようですから。長い間死神も困っていたらしいです」

「言葉の選び方を間違ってたんだ」

炎真は不満げに言った。

「あの男はタクシーを捕まえたかったんだ。だからタクシーに乗れると案内すればよかったんだよ。融通がきかないな、一度教育しなおさなきゃだめだ」

「エンマさまの言葉だから届いた、というのもあると思いますよ」

篁のスーツの胸ポケットで携帯電話が鳴った。地蔵から貸し与えられているものだ。

画面に表示された名前を見て、炎真に目を向ける。

「地蔵さまです」

「買い物でも思いついたか？」

篁は通話ボタンを押した。

「はい、篁です」

電話に出た篁は「はい、はい」と携帯を両手で持って頭をさげる。

「はい、わかりました」

最後に深々と頭をさげ、通話を終える。

「エンマさま、地蔵さまの用事でちょっとアトレに寄ってきます」

篁は炎真に吉祥寺《きちじょうじ》の駅ビルの名前を告げた。

「なんだ？　俺も一緒に行こうか？」

「いえ、注文していた書籍が届いたということで、受け取りに行くだけなんです。すぐに追いつきますから先に公園へ行っていてください」

篁は財布を出して中から千円札を三枚取り出した。

「司録と司命に何か買ってやってください。あ、ビールは二本までです」

「おっ、助かる」

「無駄遣いしないでくださいね。レシートはもらってください、あとで地蔵さまに見せなきゃいけないので」

「わかったわかった」

炎真はほくほくと札をポケットに入れる。

百年ぶりに現世に来た炎真は町中に乱立するコンビニがいたく気に入り、毎日なにかしら買っている。地獄から持ってきた個人用の小遣いはあっという間に消え、今は地蔵に生活費を出してもらっている。

「エンマさまー、司録はたべっ子どうぶつがいいですー」

「エンマさまぁ、司命は柿の種がいいのねぇ」

子供たちが炎真の両腕にぶらさがる。

「おお、なんでも買ってやるぞ！　任せろ」

炎真が胸を叩《たた》くと子供たちはきゃーっと跳ね上がった。

「いや、エンマさま。三千円しかないですからね、よく計算して買ってください
よ？」

「いせやのやきとりは外せないしな……シューマイもいっちまうか？　いっちまおう
か……？」

すでに炎真は篁の注意など聞いていない。井の頭公園に行く途中にあるやきとり屋
のメニューを頭の中で広げているようだ。

「僕もすぐに追いつきますからね？　僕の分、残しておいてくださいよ」

悲痛な声で言う篁を見ていた司命はちょっと考えた様子で、

「エンマさまぁ。司命は篁さまと一緒に行きますのー」と言った。

「え？　司命、いいの？　司録にお菓子食べられちゃうよ？」

篁が驚いて言うと司命はにこっと笑った。

「司命が一緒に行けば、エンマさまは司命の分、確保しといてくれますのー。そした

らついでに篁さまの分も残ってるのよぅ」

「司命、ありがとう。ついでというのが気になるけど、気持ちだけで充分だよ」

篁は苦笑しながら言ったが司命は首を横に振った。

「いいのよぅ、一緒に行きますのー」

司命は篁の手を握った。

「だからエンマさまぁ、全部食べちゃだめなのよぅ」

「わかったよ」

炎真は渋い顔で司命を見る。司録は片割れが離れることに不安そうな顔をした。だが、きゅっと唇を結んでなにも言わない。そんな司録に司命は小首をかしげて言った。

「司録ぅ、司命の分、残しておいてねぇ」

「わかったー、でも早く戻っておいでねー」

司命は炎真と司録に手を振ると、篁の手をひっぱった。

「早くアトレに行くのよぅ」

「じゃあエンマさま、司録、行ってきます」

篁が司命の手を引いて、駅の方へ歩きだすのを、炎真と司録は見送った。

「じゃあ、こっちも行くか、司録」

「はーい……」

心なしか元気がなくなった司録の手を引き、炎真も歩きだした。

井の頭公園の桜の木はあらかた緑の葉に変わっていた。そのぶん、地面や井の頭池がピンク色に染まっている。時折風が地面に落ちている花びらを舞い上げていた。

あれほど花見客でにぎわった公園内も、今は穏やかさを取り戻している。それでも多少は葉桜を楽しむ客もいるようで、「かんぱーい」という声も聞こえてきた。

「エンマさまー、池にピンクのおふとんがかかっているみたいねー」

司録は池の周りを囲んでいる柵から身を乗り出すようにして覗き込んだ。

「この桜はどこにいくのー？」

聞かれて炎真は首をひねった。

「池というからにはたまっているだけじゃないのか……？　ということは沈むのか？」

現世の土地には詳しくない。地蔵がいたなら教えてくれるだろうが。

「井の頭池の水は神田川《かんだがわ》に流れているのだよ」

後ろから柔らかな声がかけられた。ビロードでできた喉があるならそこから発せられた音だろう。そう思わせるようなしっとりと色香のある女の声だ。

振り向くと、髪を結い上げた着物の女が立っている。腕に赤ん坊を抱いていた。

「こんなところで地獄の王にお会いしようとはね」

女は声に似合った妖艶な目つきで炎真を見つめた。白い肌が夜の中に浮かび上がり、紅も塗っていないのに赤い唇がきゅっと吊り上がる。まるで淡い水彩画の中に、濃い練り紅をすいっと引き下ろした――そんな印象を与える強い女だ。

「おまえ――いや、あんた、弁財天か」

「ふふ、ご明察……」

紺色の細縞《ほそじま》の着物に臙脂《えんじ》の半幅帯。ぱっと見は地味だが品があって艶がある。弁財天はばさりと長いまつ毛で瞬いて、微笑んだ。

二

書店で地蔵の注文した本を受け取った篁は、司命を伴い、人ごみを縫って小走りに公園へと向かった。炎真が全部食べてしまう心配よりも、甘い香りを漂わせるやきとりを前に、我慢をさせてしまうことが申し訳ない。

「計画性というものがないんですよ、あの人は」

それでも篁は司命に向かって一応ぼやいてみせる。

「食い意地が張っているし……まあ、現世の食べ物がおいしすぎるんですけど」

「おいしぃですのー、司命もだいすきですのー」

「いせやのやきとり、一本くらいは口に入れられるといいんだけど」

「だいじょーぶよ、篁さまぁ。いくらなんでも二本は残してくれますのー」

司命が大人びた笑顔で慰める。

甘辛いたれのかかった弾力のある鶏肉のことを考えて、篁は唾を飲み込んだ。やはり食事は現世の方がうまい。

そんなことを考えていたせいか、すれ違いざま女性にうっかり肩を触れさせてしまった。

「おっと、すみませ……」

その女性が地面に崩れる。平安生まれの篁は、「あなやっ」と古語で叫んでしまった。

「大丈夫ですか!?」

手を貸そうとしたが、女性はうずくまったままだ。手でおさえているおなかが大きく膨らんでいる。妊婦だ。さすがに篁もうろたえた。

「うわあ、大丈夫ですか！」

「だいじょーぶぅ!?」

司命がぱっとしゃがみこみ、女性のからだに触れる。

「は、はすい……しちゃった……」

女性はぎゅっと目をつぶって呻《うめ》いた。

「陣痛が――う、産まれそう……っ！」

「ええええっ！」

周りを見回すが、女性の連れはいないようだ。

「すみません……、タクシー乗り場まで……」

「わ、わかりました！」

篁は女性に肩を貸して、タクシー乗り場に向かった。少し列ができている。

「ごめんなさーい！　おかぁさん、赤ちゃん産まれそーう、順番を譲ってくださぁい！」

司命が大きな声をあげると、乗り込もうとしていた男性が驚いた顔でからだを引いた。妊婦の大きなおなかと歯を食いしばっている顔を見て「どうぞ」とジェスチャーする。

「すみません、すみません、ありがとうございます」

篁は頭を下げながら女性をタクシーに乗せようとした。

「待ってぇ」

司命が言いながら自分の着物の上を脱ぐ。長い袖の着物の下は半その襦袢《じゅばん》になっている。

「スカートが濡れていますのー、これを下に敷けばよごれないのよぅ」

女性が薄目を開けて首を振った。

「だめよ、そんないい着物、汚れるわ」

「いいのよー、またエンマさまに作ってもらうからぁ」

司命は手際よくタクシーの後部座席に着物を敷いた。篁が有無を言わせず女性のからだをそこに横たえる。

「ありがとう、司命。よく気づいたね」

「うふふぅ、男の人はだめだめねー」

篁が言うと、司命は得意げに低い鼻を上に向けた。

「どこまで行けばいいの？」

運転手が心配そうな顔で振り向く。篁は女性に顔を近づけて囁《ささや》いた。

「かかりつけの病院はありますか？」

「緑町《みどりちょう》の……佐伯《さえき》……医院……」

女性は息の間から苦し気《げ》に声を振り絞る。

「佐伯医院だそうです、お願いします」

そう言って降りようとした篁に運転手があわてた声をだす。

「ちょっと、ちょっと！　置いていかないでよ！　病院についたら誰が降ろすの！」

「ええっ？」

篁は運転手を見て、それから苦しそうな女性を見た。

「篁さまー、降りるときにお金を払うのもむずかしいかもなのよぅ」

司命は篁のスーツのすそを引っ張った。

「それに病院や家族の人にも連絡しないとぉ」

司命は心配そうだ。女性もすがるような目を向けている。

「わかりました――」

篁は司命に女性と一緒に後部座席に乗るように言った。自分は助手席のドアを開けて乗り込む。

「す、すみません……」

女性が後ろから辛そうに言う。

「大丈夫よー、篁さまにまーかせて。あのエンマさまのお世話をしてる方だから、人間の世話なんて簡単なのよぅ」

司命がそう言うと、篁も振り返ってにっこりと優しい笑みを向けた。

「大丈夫ですよ、安心してください。袖すりあうも他生の縁……。お供します」

ちらっとやきとりが頭をかすめたが、首を振って未練を消す。携帯を持ってない炎真に連絡はできないので、地蔵に電話をした。

「――はい」

すぐに落ち着いた地蔵の声が耳元で聞こえる。

「あ、地蔵さま、篁です。――はい、本は入手しました。実はですね、エンマさまから連絡があったら伝えていただきたいことが……」


篁がそんなことになっているとはつゆ知らず、炎真は弁財天と対峙していた。

「弁財天さまはどうしてここにいらっしゃるのですかー?」

司録が不思議そうに聞く。

「我はこの公園の井の頭池に祀られておるのよ」

弁財天は形のいい顎で、くいっと池の奥を差した。

「江ノ島《えのしま》や厳島《いつくしま》ほどではないが、けっこう有名だと思ったんだがの」

弁財天の大きな目で見つめられ、司録は恥ずかしそうに長い袖で顔を隠した。

「あんまりこっちに来ないので ー 、すみませーん」

「よいよい。我も閻魔王が現世に来ているなど知らなんだからの。どうしたのかの？ 仕事か？」

弁財天は両腕に抱いている赤ん坊を揺すりながら言った。

「いや、休暇だ」

「おや、よきかなよきかな。現世でのんびりというわけか。楽しんでおるか」

揶揄《やゆ》するような言い方に、炎真は軽くため息をついた。

「まあな――それよりなにか用があるんじゃないのか？　偶然出会って立ち話したいだけってことはないだろう」

弁財天は目をさらに大きく見張る。

「おやおや、おしゃべりもよかろうに。地獄の王と話す機会など滅多にないからの。しかし今宵はちと用事もある。頼まれてくれぬかの」

「……本当に偶然か？」

不審気に目を細めた炎真に弁財天はあでやかな笑みを唇に乗せた。

「ふふ。実は地蔵不動産の主《あるじ》とは親交があっての」

炎真は盛大に舌打ちした。

「また地蔵か！　あの腹黒め」

「まあ、そう怒るな。ちと力を借りるだけじゃ」

弁財天はくるりと振り返り池にからだをむけた。遅れて臙脂の片流しのたれが翻《ひるがえ》る。

「実はな、この池には……龍がおるのじゃよ」

「龍？」

「龍ぅ？」

司録は叫んで飛び上がると、急いで池の柵によじ登り、下を見下ろす。

「齢《よわい》千年を超えた鯉は龍になる。この池の主ももう龍になってよい歳なのじゃが、力が足りずなかなか天に昇れない。そこでそなたの力を借りたいのじゃ」

「俺の力？」

弁財天は桜色の薄布が広がる池に目を向けたまま、

「ここ数年、この池では水質改善のためのかいぼりが行われておってな」と続けた。

「かいぼりー？」

池の中を覗いていた司録がぴょんと飛んで弁財天のそばに戻ってきた。

「かいぼりとは池の水を全部抜いて底を乾かし、また新しい水を入れることじゃ。最初のかいぼりでは池に捨てられていた二〇〇台を超える自転車が見つかったり、外来種の水生生物が多数見つかったり、大騒ぎじゃった」

司録は驚いて池を振り返る。

「二〇〇台ー？　すごーい、ここゴミ捨て場なのー？」

「そうではない、いわゆる不法投棄じゃ。まあそやつらにはそれなりの罰は与えておいたがな」

弁財天は腹立たし気に言い捨てた。

「かいぼりでその鯉は見つからなかったのか？」

炎真が聞くと弁財天は片手でしゅっと着物の衿《えり》を直した。

「ふん、千年を生きるあの子がそう間抜けなはずはない。池の底、泥の中に隠れて無事、やりすごしたよ」

「ふうん」

今もこうしてピンクの膜を張ったような水面では、龍の存在などわからない。

「かいぼりは二回、三回と行われてな。池の水はかなり美しくなり、我もそれは嬉しいのだが、かいぼりが定期化すると龍が見つかる可能性も高くなる。なので、今年こそは天にあげてやりたいのだ」

弁財天の池に向けるまなざしは、慈母のように優し気で心配そうだった。

「今まで何度も失敗してるなら、龍になる力がないんじゃないのか？」

「そういうわけではない。あの子は心が優しすぎるのだ」

炎真の冷たい言い方にむきになるところも母親のようだ。

「どういう意味だ？」

「いや、なんでもない」

弁財天は着物の袂《たもと》で口元を隠した。

「とにかく、今年は成功させたいのじゃ。そのための力を貸しておくれ」

「断ったら？」

「……弁財天には二つの書き方がある。ひとつは我のように財という字が入ったもの、もうひとつは弁才天と、才の字が入ったもの」

弁財天は袖から白い手首を出すと、指で空に文字を書いた。

「この字のとおり我は商売繁盛、金運の神じゃ。我の頼みを聞いておけば、金運的によいことが起こると思うぞ？」

「足下みやがって」

炎真は苦笑した。生活費に困っていることを地蔵から聞いているようだ。

「力を貸すってどうすればいいんだ？」

「おお、感謝する。毎年この池に来る人間に頼んでいるのだがなかなか最後までやりとげてくれるものがなくてな。簡単なことなのだが……」

弁財天は腕の中の赤ん坊を炎真に差し出した。かわいらしい顔をした子供ですやすやと眠っている。

「この子をしばらく抱いていてほしい」

弁財天が言うと司録がぱんっと手を叩いた。

「あー、そういうの昔話で聞いたことありますー」

「そうだ。水の精がよく使う手だ。抱いてくれているその力が、あるときは母蛇の出産の力となり、またあるときは龍が天に昇る力となる」

言われるままに炎真は腕に赤ん坊を抱えた。小さく見えて、ずしり、と重みがからだ全体にかかる。

「頼むぞ。今宵こそは……」

弁財天は桜の花びらで覆われた池を見つめた。司録も柵の上に身を乗り出して見つめる。大きな波紋がひとつだけ、浮かんだ。


篁はタクシーの運賃を払い、妊婦を降ろした。からだを支え、病院のドアをくぐる。受け付けにいた事務の女性が、妊婦の顔を見て慌てた様子で立ち上がった。

「高坂《たかさか》さんですね、破水しましたか？」

タクシーの中で女性から診察券を渡されていたので、あらかじめ電話をかけておいた。彼女が高坂みふゆという名前であることも今はわかっている。

「一〇分ほど前でーす」

司命がみふゆの腰をさすりながら言う。みふゆは「うーっ」と大きな呻き声をあげた。

「陣痛が始まってますね」

看護師たちがストレッチャーを持って走ってくる。みふゆのからだを支えてその上に乗せるとあっという間に運んでいった。

「ご主人はこちらへ」

ぐいっと強い力で篁は腕を引かれた。

「は？」

「産まれたときに顔を見せると奥さんが喜びますよ」

篁は引きつった笑みを浮かべる。

「いや、その……あ、ご主人にはさきほど連絡してもうじき……」

「さあさあ、こちらへ」

有無を言わさず司命と一緒に待合室へ連れてこられる。

「ええっと……」

「篁さまー、旦那さまと間違われたのー」

司命がくすくす笑った。

同じソファにもう一人別の男性が座っていた。篁が頭を下げると、向こうもかすかに顎を引く。憔悴《しょうすい》した様子の彼は、何度も携帯の画面で時間を見ていた。聞くと、彼の妻はかなりの難産でもう一五時間以上かかっているという。

「一度目の子が流産してるんです……今度もからだに負担がかかるって言われてて……もう、俺、どうしていいのか……」

男は無力だ。こうして妻が懸命に命を産み出そうとしているのに、待っていることしかできない。篁は力のない夫の肩にそっと手を置いた。

「奥さんを信じて待ちましょう。お医者さんたちを信じて待ちましょう。産まれたとき、旦那さんの顔を見せると奥さんが喜ぶんですよ」

さっき看護師に言われたことを繰り返す。男は「はあ……」とうなだれた。

「篁さまー、みふゆさんの赤ちゃん、無事産まれますよねえ」

司命が閉ざされた扉を見上げて呟く。

「大丈夫だよ、司命。きっと元気な赤ちゃんが産まれるさ」

ソファに座った篁は司命を膝の上に乗せた。

「みふゆさんの旦那さまが来るまでお待ちするのー?」

「うん。ここまで来たら見届けよう。赤ちゃんが産まれたらおめでとうって言いたいものね」

「それもそうなのねー」

司命は大きくうなずき、再び扉を見つめた。

三

井の頭池の前では、炎真が赤ん坊の重さと戦っていた。腕の中の子供はあどけない顔をしているくせに、一分一秒ごとに重くなってゆく。あまりの重みに足が地面にめりこみだした。

「おいおいっ！　ほんとにこの重さを人間に抱かせていたのか⁉　無理だろう！」

炎真は信じられない重さに悲鳴をあげた。

「人間相手ならもうちょい軽いわ。相手が地獄の王じゃからな、今回は全力じゃ」

弁財天はけろりとして言う。

「くっそおおおっ！」

炎真の腕が重みでじりじりと下にさがる。顔から雨のように汗が滴り落ちた。

「腕が……っ、ぬけ、る……っ」

「エンマさまー、変な顔ー」

司録が指さしてケラケラ笑った。

「う、る、せ――っ！」

怖い顔をして見せると「きゃーっ」と逃げる。

「い、いつまで、持っていれば……っ」

炎真の言葉に弁財天は首を傾げてしんと静まった池を見つめる。

「そろそろだと思うのじゃがな……」

「あっ」

司録が池の柵にからだをぶつける勢いで飛びつき指さした。

「お池がゆらゆらしてますー」

弁財天が歓喜の顔で炎真を振り向く。

「閻魔王、もうじきじゃ！　がんばっておくれ！」

「ぬおおおおおっ！」

炎真は赤ん坊を抱え直し、逆に上へ持ち上げようとした。

「エンマさまー、がんばってー！」

司録がそばで応援するが、もうそちらを向いている余裕もない。

「来るぞ、来るぞ！」

ピンクの花びらで覆われた水面、その中央にぐるぐると渦が描きだされる。何人かいた公園の客もそれに気づいたようで池の周辺に近寄ってきた。

腕の子供の重さがどん！　とさらに増えた。

「ぐおおおおっ！」

炎真の両足がぐんっと地面にめり込む。細いひび割れが炎真から周囲に走り、衝撃を受けた近くの木々がざわざわと揺れた。

「いせやのやきとりぃ……っ！　五〇本は、お、ご、れ、よおおおっ！」

炎真がそう叫んだのと、池の中央で激しい飛沫《しぶき》があがったのが同時だった。


「ほぎゃあああっ！」

赤ん坊の泣き声が聞こえた。

篁と、もう一人の夫がソファから立ち上がる。司命も飛び上がった。

「産まれたー！」

「どっちだ!?」

赤ん坊の泣き声は二つ聞こえた。篁と男は顔を見合わせる。

「二人とも産まれたぞ！」

篁は見知らぬ男とがっしり抱き合った。

「やった！　やった！　産まれた!!」

「ありがとう！　ありがとうございます！」

男の顔は涙で濡れている。篁ももらい泣きした。司命が二人の周りを半襦袢姿で駆け回る。

「おめでとーなのー！　うれしいのー！」


ばしゃんっと跳ね上がった飛沫が池に落ち、そのあとは再び静まり返った。炎真の腕の中の子供はいつの間にか消えていた。重みがいきなり消え、炎真は反動で地面にあおむけにひっくり返った。

「あれえー？」

司録はきょとんと池を見て、それから弁財天を振り向いた。

「弁財天さまー、龍はー？」

「ああ……」

弁財天はため息をついて額を押さえた。

「まただ。龍の奴め。またおせっかいしおった」

地面にひっくり返ったままで炎真は弁財天を見上げる。

「おい……」

「……どういうこった」

「言っただろう？　あの子は優しい子じゃと」

弁財天は首を振る。

「あやつめ、自分が龍になるための力を、この国の子供が産まれるための力に変えてしまったんじゃ」

「はあ？」

弁財天は片手で額に落ちた前髪を撫《な》でつける。

「この国では子供は三〇秒に一人産まれておる。お主が龍のために力を与えた時間は二〇分。つまり約四〇人の子供たちが無事に産まれたということじゃ。本来難産や病で命を落とすはずだった子供らも、この時間だけはその恩恵を受けたのじゃ」

「龍の恩恵？　龍が赤ん坊を守護したってことか」

「そうじゃ」

「――自分は龍にならずにか？」

「うむ。……毎年どこかしらで難産がある。龍はそれに気づいてしまうと自分が天へ昇る力をそちらに向けてしまうのじゃ。まったく……心優しい子よ」

「いや、ちょっと待て」

炎真はようやく起き上がって言った。

「それってこの俺が子供の誕生に力を貸したということになるのか？」

「そうだ。めでたいな」

炎真が首を振ると、頭から桜の花びらがひらひら落ちる。

「いや、それまずいだろ。俺は彼岸で死を扱うんだぞ？　その俺が」

「エンマさまー」

司録が炎真を見上げて唇に指を当てた。

「黙ってればわかりませーん」

「いや、しかし」

「こまけーことは気にすんなって、いつもおっしゃってますー」

「細かいか!?　これは細かいことか!?」

「子供が無事産まれたのはおめでたいですー、いいことなのー」

「そうじゃそうじゃ」

弁財天はころころと軽やかな鈴の音のような笑い声をあげた。

「我にしてみれば龍になってくれた方がよかったのじゃが、まあ済んだことは仕方がない。また来年、力持ちの人間を探してみるわ」

「うーん……」

炎真はガシガシと髪をかきまわした。

「まあ確かに……休暇中のことだし、そんなに大騒ぎするほどのことでもないか」

「誰かに文句を言われたら我が頼んだと言うてやる。気にするな、それより」

弁財天は着物の袂から一万円札を出した。

「ほれ、これでいせやのやきとりを好きなだけ買ってくるがよい」

「うおっ！」

炎真は札をひったくるように摑んだ。

「マジか!? ほんとにいいのか？」

「我は弁財天じゃ。このくらいたいしたことはない」

「ありがてえ！ よし、篁これで……」

と言いかけ、炎真は篁がいないことを思い出した。

「そういや篁はどうしたんだ？ 遅すぎないか？」

周りを見る炎真に司録は不安気な声をあげた。

「司命も戻ってこないのー」

「なにかあったのか……？」

炎真は心細そうな顔をしている司録の前にしゃがんで目線をあわせた。

「おまえ、一度地獄に戻って、地蔵のところに行け。篁が俺と連絡をとろうとするなら地蔵に伝えるだろう」

「わかりましたー」

司録はすぐに姿を消した。いつもついてまわるうっとおしい効果音がなかったということは、司録も司命のことを心配しているのだろう。

「閻魔王はいつまでこちらにおるのじゃ？」

弁財天は指で後れ毛を直しながら言った。

「俺の休暇は現世の数え方で四九日だ。もう二週間はたったからな、あと一ヶ月というところか。桜が散って青葉が繁《しげ》る頃には戻るつもりだ」

「ふむ。現世は楽しいか？」

炎真はにんまりと笑う。

「ああ、前に来たときとずいぶん変わってて最初はとまどったが楽しいよ。とくにコンビニがいいいな」

「はは、なじんでおるな」

そこへしゃらら～んと軽快な音をたてて司録が現れた。

「エンマさまー、わかりましたー」

効果音がついているということは、不安が払拭されたのか。

「篁さまと司命は、赤ちゃんが産まれるのを助けているそうですー」

「赤ちゃん？」

炎真と弁財天は顔を見合わせる。

「こちらにくる途中で妊婦さんを助けてー、そのまま一緒に病院に行ったそうですー」

「そうか。じゃあもしかしたら龍の恩恵を受けた赤ん坊になったかもな」

「そうじゃのう」

弁財天は楽し気に言った。

「奇遇なこともあったものじゃ……」

「エンマさまー、司命が来ましたー、篁さまもー」

司録が公園の入り口を指さす。そこには司命を抱いて走ってくる篁の姿があった。

妙なことに司命は半襦袢姿だった。

「エンマさまー！」

「あのバカ」

炎真は舌打ちした。

「現世で俺の名前を大声で呼ぶなと言ってあるのに」

篁は満面の笑みを浮かべている。それを見て炎真も顔をほころばせた。

「遅くなりました！」

篁が司命を下ろしたとたん、司録が駆け寄ってぎゅっと抱きしめた。

「おかえりー！　遅かったねー」

「ただいまぁ、いろいろあったのぉ」

二人は抱き合ってくるくると回る。足元から桜の花びらが舞い上がった。

炎真は篁の顔を見て何も持っていない手を見せる。

「安心しろ、まだ何も買ってないぞ」

「はあ……あの、こちらは？」

篁は炎真の背後の女性に目を向けた。

「井の頭池を守る弁財天殿だ」

「えっ!?」

一メートル近く飛び退《すさ》って、篁は頭をさげた。

「そ、それはそれは。閻魔王の秘書を務めます小野篁と申します」

「おお、そなたが元・人間の変わり種か。聞いておる」

弁財天は妖艶な笑みを浮かべた。

「畏《おそ》れ多いことでございます」

「地蔵から聞いたが、篁、おまえ、妊婦を助けたのか？」

炎真の言葉に篁はほっとした顔をした。

「そうなんですよ。もう、すぐにも産まれそうな方と袖すりあってしまいましてね」

「無事産まれたのか?」

「はい。病院についたらすぐに。驚くほどの安産だったそうです」

それを聞いて炎真と弁財天は顔を見合わせてにやりとした。

「もうひとかたいらしたんですが。こちらは一五時間以上かかった難産で。でも、僕らが運んできた方が着いてすぐにこちらも無事産まれました。あとで看護師さんが話していたのを聞いたんですが、難産の方は、へその緒が胎児の首に絡んで危なかったのが、驚いたことにするするっとほどけたらしいんです。そんなの初めて見たっておっしゃってましたよ。不思議なこともあるもんですね」

腕を組んで不思議そうな顔をする篁に、炎真も弁財天も耐えられなくなって笑い出した。

「あ、なんですか、お二人とも」

弁財天はくっくと笑って手を振り、炎真も篁の肩を叩いた。

「いや、なんでもない。奇遇だなと思って」

「篁さま、旦那さまに間違えられたのよー」

司命が両手で口を押さえてくすくす笑う。篁はちょっと顔を赤らめて、

「あとから本当のご主人がいらっしゃいましたけどね。でもその方より先に赤ちゃんを見せてもらっちゃいました。いやあ、ほんと、赤ん坊って小さくてかわいいですね」

「そういや司命。なんだおまえ、その格好は」

炎真は半襦袢姿の司命を見て言った。司命はあわてて篁の背後に隠れる。

「ああ、これは……奥さんをタクシーに乗せるとき、司命が自分の服を脱いで汚れを防いだんですよ」

篁は腰をかがめて司命の頭を撫でた。

「立派な行いだったんです。エンマさま、司命に新しい上衣を仕立ててあげてください」

「そうか」

炎真が手招きすると司命はおずおずと前に出てきた。

「いい子だったな。あとでちゃんと新しい服を用意してやる」

言いながら炎真は着ていたパーカーを脱いで司命に渡した。

「ありがとーございますぅ！」

「えー、司命いいなー」

司録が頬を膨らます。

「司録も篁さまと行けばよかったー」

「文句を言うな、司録。これからみんなでやきとりを食べながら散り桜を楽しもう」

炎真が服のポケットから一万円札を出してひらひらさせると篁が目を剝《む》いた。

「エ、エンマさま！　なんですか、そのお金は！　まさかどこぞの人間を脅して手に入れたんじゃあ……」

「おやおや、地獄の王はそんなことをしそうな人物だと思われておるのかえ？」

弁財天はおかしそうに言う。炎真は篁を睨んだ。

「誰が脅すだ、人聞きの悪い！　これは正当な報酬だ！」

「いったいなにがあったんです……」

呆然とする篁に炎真は札を押し付けた。

「どうでもいいからこれでやきとりとビールを買えるだけ買ってこい。花を見ながら話してやるさ。春にふさわしい、新しい話をな」

炎真の言葉に夜風が桜の枝を揺すり、残っていた花びらをまき散らす。紅色の雪の中、池の中心でもう一度広く波紋が浮かび、何かの大きな影が横切っていった。

第二話

えんま様と閉ざされた檻

busy 49 days
of Mr.Enma

「――このように犬と人とは長い歴史の中で共に生きてきたのだ……」

ナレーションに感動的な音楽がかぶさる。テレビ画面の前の小野篁は目を潤ませ、大地を駆け回る犬の映像をうっとりと見つめていた。

「おい、終わったんだろ。チャンネル変えろよ」

後ろで雑誌を読んでいた大央炎真が顔を上げて言う。しかし、篁は炎真に背を向けたまま、首を振った。

「このあとはスペシャル番組『愛犬と私』が放送されるんです、見逃せません」

炎真は手にした雑誌をぱしんと畳に打ちつけた。

「また動物ものかよ！　おまえ、いいかげんにしろよ」

「今日は『僕のワンダフル・ライフ』と『犬が島』も観なくちゃいけないんで忙しいんです」

篁は目をキラキラさせてDVDのパッケージを見せた。

「犬はもういいって！　大体おまえ、地獄でも犬の映画はさんざん観てるだろ」

「観てますけどぉ、やはり現世の方が手に入りやすくてぇ。クーンツの小説『ウオッチャーズ』も映画化されてたんですよ！　ご存じでしたか!?」

「しらねーよ！」

吉祥寺と三鷹《みたか》の間にある小さなアパート「メゾン・ド・ジゾー」。その一室で炎真と篁はテレビを観ていた。

「おまえ、目を離すと犬のＤＶＤ買ってるけど、それどうすんだよ。地獄に持っていくのか？」

炎真は部屋の隅に積み上げられたＤＶＤの山に目をやって言った。

それに篁は不思議そうな顔をして炎真を見返す。アタリマエジャナイデスカ、と書いてある顔だ。

「動画データにしておけよ。場所をとるぞ。大体おまえの地獄の私室、犬ものの映画や漫画や小説……それだけじゃないな、論文とか写真集とか事典とか、あふれかえっているそうじゃないか」

「形にして残しておくのが好きなんです。データじゃこう……自分のものにしたって感覚が得られないじゃないですか」

篁は首を振り、拳《こぶし》を握って力説する。

「壁に飾るはく製じゃないんだから」

「ある種、似たところはあるかもしれませんね」

篁はDVDケースに誇らしげな眼差しを向ける。話にならないと炎真は首を振った。

「そんな金を持ってるなら俺に貸せよ。それがあればなにも地蔵に頭を下げて金を借りなくてもいいんだ」

「このお金は僕の個人的なお金です。現世に来たら買い物しようと思って貯めていたんですよ」

篁は優しげな顔をきりっとひきしめた。

「エンマさまの滞在費は別にあったのに、初日にコンビニでお菓子やビールを爆買いしたせいでなくなっちゃったんじゃないですか。僕のお金は一銭たりともエンマさまの腹には入れませんからね」

篁はピシリと炎真を指さす。炎真は渋い顔をしてその人差し指を手で払った。

「まったくおまえの犬好きにも困ったもんだな。地獄でもしょっちゅう不喜処《ふきしょ》に行って犬をモフってるだろ」

「何か問題でも？　よく働いてくれる犬や鳥たちをねぎらってるだけですよ」

当然、という顔をする篁の頭を、炎真はぐりぐりとかき回した。

「あ、そ、こ、は！　動物を虐待したものが落ちて、地獄の犬たちに喰われるところだ。そんなところに行って犬と遊んでたら、亡者が和んでしまうだろうが」

「やめてくださいよー」

かき回されて乱れた髪を、カチューシャで押し上げる。白い額からなだらかな線を描いて細い鼻をたどる篁の顔は、端整で穏やかだ。

「地獄犬だって犬なんです。好きで亡者を噛《か》んでいるわけじゃないんですよ。自分の一噛みで亡者の罪が少しでも消えればという思いで、心を痛めながら噛んでるんです。僕はそんな犬たちのストレスを少しでも軽くしてやりたいんです」

その優しい目に涙まで浮かべている。炎真はだめだこりゃ、と天井を仰いで畳の上にひっくり返った。

「エンマさま、暇なら散歩にでも行かれたらどうですか？　……千円差し上げますので。大通りの向こうに新しいコンビニができたようですよ」

「お！」

炎真は勢いよく跳ね起きた。

「なんだー、そういう情報は早く言えよー」

ほくほく顔で篁から千円を受け取り、炎真は立ち上がる。篁は呆《あき》れた顔で、

「コンビニから先には行かないでくださいね、迷子になりますから」と言い添えた。

「篁は心配性だな。迷ったくらいじゃ別に……」

「問題ごとを起こさないかと心配しているんです」

言葉を遮られ、炎真はふくれた。

「大丈夫だ。もう二度と働かない。死者にも悪党にも関わらない」

「……司録、司命」

篁が呼ぶと、しゃらら－んとガラスを鳴らすような澄んだ音がした。二人の子供がくるりと回って空中から姿を現す。

「は－い－、おそばに－」

「およびですかぁ？」

袖の長い、鮮やかな刺繍の着物に似た衣装を身にまとった、愛らしい子供たちだ。男の子の司録は両側に布でできた耳のついた烏紗帽をかぶり、女の子の司命は長い髪をたくさんの簪でまとめている。

この二人は地獄において閻魔大王の書記を務めている。記録庫にある膨大な人間の記録を一瞬で取り出せるのはこの二人だけだ。

「おいおい、なんでこいつらを呼ぶんだ？」

「こいつら、だって－」

「言いぐさぁ」

司録と司命が顔を見合わせ首を振る。

「お目付です。小さな子供を連れていれば人目もあるし無茶はなさらないでしょう？」

篁はにっこりして司録と司命の手を握った。

「エンマさまがなにか無茶をしないか見張っててくださいね」

「はーいー」

「おまかせなのぉ」

二人の子供はパンッとお互いの両手をあわせた。

「器物破損や不法侵入や傷害を起こさないように見張ってまーす」

「恐喝と恫喝と、あと、子供を泣かさないように見張ってまぁす」

「おい、こら。俺はいったいなにものなんだよ！」

炎真が怖い顔で睨んでも、二人はくすくすと笑いあっているだけだ。

「大体、この格好の二人を連れていけというのか？　目立ってしょうがないぞ」

「子供はどんな格好をしててもかわいいものです。大丈夫ですよ。ちょっと気の早いハロウィンか七五三だと思えば」

「早すぎだ！」

司録と司命は長すぎて手の出ない袖をゆらゆらと振った。

「これ、正装なんですからー」

「この服がいやなら現世の服を買ってくださぁい。司命はドレスがいいですぅ」

炎真は二人にひらひらと千円札を振ってみせた。

「あいにくそんな金はねえんだよ」

「エンマさまのかいしょなしー」

「びんぼーにんー」

かわいい声で臓腑《ぞうふ》を抉《えぐ》るような言葉を叩きつける。炎真は苦いものをほうばったような顔をした。

「……ほんとにこいつらを連れていけと？」

篁はチャンネルを変え、始まった画面に顔を向けた。

「司録と司命は仕事でしかこちらに来られないのですから、たまには現世観光もさせてあげてください」

「エンマさまー、お散歩行きましょー」

「篁さまもそうおっしゃってますのー」

司録と司命は二人して炎真の腕を引っ張った。

「ああ、もう、わかったって。じゃあ行ってくるからな」

「はい、行ってらっしゃいませ」

もうすっかりテレビに夢中の篁は背中で返事をした。

一

安藤昴《あんどうすばる》は隣の家の門扉に顔を押しつけて中を窺《うかが》った。窓はすべてカーテンがきっちりと閉まり、室内は見ることができない。なにかが動く気配もない。いつも玄関前に置いてある自動車がないので、留守だということはわかっていた。

昴は門扉からからだを離すと塀に沿って歩いた。どこか入れる場所はないだろうか？　自分は小学四年生にしてはからだが小さいが、だからこそ、どんな隙間でも潜り込むことはできる。

塀の内側にはいくつものゴミ袋がたまっている。

家からは異臭がするが、それはゴミだけのものではない、と昴は睨んでいた。

「もしかしたらあのゴミ袋の中に証拠があるかもしれないぞ」

昴はアニメの主人公のような口調で呟いてみる。見た目は子供で頭脳は大人の小学生探偵に昴は憧れていた。自分もいつか華麗な謎解きを披露してあの台詞《せりふ》を言うのだ。

「安藤昴、探偵さ」と。

この隣の家には秘密がある、と昴は踏んでいた。

五年前にここに人が越してきたが、昴も母親もほとんど顔を見たことがない。児島《こじま》努《つとむ》という三〇代ほどの男だ。昴には大人の歳はわからないが、母親がそう言っていた。

「いい年をして」と母親は言う。その「いい年」というのが三〇代なのだそうだ。

昼間はほとんど家におらず、夜も遅く帰ってきていた。それがここ数ヶ月、昼間も家にいるようになった。

以前、児島努が犬を抱いている姿を見たことがある。しかしその後、犬を散歩させているところは見たことがない。

朝早くだからだろうかとも思ったが、早起きの母親も見たことはないと言っていた。

「それにあの人は犬を飼ってないわよ」

母親は自信タップリに言う。

「犬を飼うと、玄関に犬のマークを貼らなくちゃならないもの」

確かに昴も別の家で「犬」と書かれたシールが貼ってあるのを見たことがある。それが貼ってないから犬は飼ってないのだ、と母親は言う。

「でも時々、犬が鳴く声が聞こえるよ。キャンキャン言ってるの、お母さんだって聞いたことあるでしょ」

「そうねえ」

母親は興味なさげに答えた。

宅配業者がしょちゅう隣に大きな荷物を持ってやってきている。中身はわからないが、カートで運んでくるのだからかなり重いもののはずだ。

昴が児島努を怪しいと確信したのは、一週間ほど前の夜だった。夜中にトイレに起きた昴は、二階から降りるとき、ふと窓から外を見た。普段、暗いままの隣家の玄関に灯がついていたのだ。

玄関の前には車が止まっていて、後部のバックドアが開けられていた。

児島努がそこから何かを運び入れている。

黒いビニール袋のようだった。全部で五つ。

昴は背伸びをして窓に張りついた。

こんな夜中に車になにか積んでいるなんて、犯罪者みたいじゃないか。

先日アニメで見たシーンにもそんなのがあった。アニメではそれは若い女性の死体で……。

恐怖で心臓がドキドキし、期待で胸がワクワクした。

そのとき、ひとつの袋が滑り落ちて、中身が見えた。昴は口を片手で押さえた。

それは金色だった。玄関の灯に照らされて、金色にキラキラ光っていた。

金色の、毛足の長い大型犬、レトリーバーだ。

児島は犬を袋に戻し、乱暴に車内に投げ入れると、音をたててバックドアを閉めた。

それから運転席に入り、車を発車させた。

昴は口を両手で押さえたまま、壁にそってしゃがみ込んだ。

(あの男は犬を殺している)

五つあった黒いビニール袋は全部犬なのではないか。だから犬を飼っていても犬のシールを貼らないんだ。

翌朝、昴は母親にそのことを言ったが、母親は眉をひそめただけだった。

「寝ぼけてたんじゃないの?」

昴が絶対に起きていた、はっきり見たと言うと、

「もし犬だったとしても、飼っていた犬が死んだだけでしょう」と言う。

「五匹もだよ!?」

昴は驚いた。犬が五匹、いっぺんに死ぬなんてありえないじゃないか。

「五匹だったとしても」

母親は会話を早く打ち切って、昴に朝御飯を食べ終わらせたいのだ。

「病気でいっぺんにってこともあるわよ」

学校へ行ってクラスメイトにその話をすると、いつもテストでいい点をとっている真壁《まかべ》くんが「虐待しているんじゃないか」と言った。

「ギャクタイってなに？」

真壁くんはスマホを触ってその文字を出してくれた。

虐待――むごく非道な扱いをすること。繰り返し、暴力をふるったり、冷淡で残酷な接し方をすること。

はっきりとはわからないが、恐ろしい感じがした。

二日後、真壁くんが一枚の紙を持ってきてくれた。それには多摩川《たまがわ》の河原で五匹の犬の死体が捨てられていた、という記事が印刷されていた。ネットで見つけた記事をプリントアウトしてくれたのだ。

「安藤の見た犬ってこれじゃね？」

犬の種類は書いてなかったが、五匹という数字で昴はそうだと思った。

「となりの児島さんが犬をギャクタイして捨てたってこと？」

「そうかもな」

その日から昴は隣の家を見張ることにした。また犬を殺して死体を運ぶのではないかと思ったからだ。

昴は二階の窓辺に椅子を置き、ゲームをしながら時々隣家を見た。ときにはゲームの方に夢中になって忘れることもあったが、とりあえず一週間続けた。

しかし、それ以来、児島が夜中に出かけることはなかった。

今日、日曜日の朝、車の音がした。急いで一階のリビングから見ると、児島が車を運転して出かけていくところだった。

チャンスだと思った。留守のうちにあの家を調べてみよう。

だが、すぐに自宅を出ることはできなかった。母親が午前中に宿題を終わらせろと命じたからだ。こんなことをしている間に児島が戻ってきてしまうと焦りながら、昴は宿題を終えた。

お昼ご飯を食べ、家を飛び出す。そして今、児島家の周りを調べている。

どこにも入り込めるような隙間はなく、最終手段は塀をよじ登ることだ。

昴は通りに人がいないことを確かめ、家から持ってきたバケツを地面に逆さに置いた。それに乗ると塀の上に手が届く。あとは塀の飾り穴に足をかければ簡単に上にあがれた。

塀の内側にはゴミがたくさんあるので、帰りはそれに乗ればいい。

昴は塀の内側に飛び降りた。

児島の家は臭かった。母親がしょっちゅう文句を言っている。なにか腐ったような臭いがすると。

昴の苦手な漬け物のような臭いもする。刺すような刺激臭だ。

昴は鼻の穴に指をつっこんで家の周りを回った。

大きなガラス戸があるのはリビングだろう。奇妙なことに内側から段ボールがガムテープで貼られている。そばに近寄ると、中から音がした。ガサガサ、カチャカチャ、ザリザリ。何かたくさん動いている。

どこかに隙間はないかと探していたら、隅の方が少し破れてめくれていた。

昴はしゃがんでそこに顔をつけた。

「あっ」

中にたくさんの犬がいた。犬たちは大きいのも小さいのもいたが、ほとんど骨と皮に見えた。何匹も倒れているし、ひどく汚れていた。悲しげな顔で空の器の前に座っている。

中には毛がはげて、からだが赤くなっているものもいたし、逆に長い毛が絡み合いもつれてだんごのようになっているものもいた。昴が見かける他の飼い犬たちとは明らかに違う。

――ギャクタイだ。

からだが震えた。

児島は犬に酷《ひど》いことをしてる。

一匹の茶色っぽい犬がこちらを向いた。片方の目は茶色く澄んでいたがもう片方は白く濁っている。からだは大きかったが優しい顔だった。

その目はじっと昴を見つめている。犬の瞳を見ているうちに、なぜか昴の目に涙がにじんできた。悲しい、苦しい、辛い気持ちになってきたからだ。犬はなにも言わないが、その瞳だけで胸がつまるような思いだった。

そのとき、車の音がした。児島が帰ってきたのだ。

昴はあわてて立ち上がった。逃げられる場所などなさそうだった。児島がリビングの方を見ずに玄関からまっすぐ家に入ってくれれば——。

だが、それは叶《かな》わなかった。児島は運転席から降りてすぐに、リビングの窓の前に突っ立っている昴に気づいた。

「おまえっ！　ここでなにをしてる！」

児島は怖い顔で近づいてきた。アニメの主人公ならサッカーボールで相手を倒してしまうが、昴には特殊な靴もボールもない。

「い、犬……っ」

それでも必死で言った。

「犬を——いじめてるの？」

そのとき、どんっと大きな音が窓の内側で鳴った。なにか大きなものがぶつかったような音だった。児島が窓のそばに寄った。

（いまだ！）

昴は児島の横をすり抜け、開いた門扉から外に飛び出した。

隣の自宅に逃げ込まなかった自分をほめてやりたい。

昴は公園のベンチに座ってぜえぜえと息を吐いた。自分がこんなに速く走れるなんて思ってもみなかった。

ほとんど顔を合わせていないから、児島は自分が隣の安藤家の息子であることは知らないはずだ。だから家と逆方向に走った自分を別の家の子供だと思うだろう。あとは児島と近所で会わないようにすればいい。

だけどどうすればいいんだろう。リビングで見た犬たちのことが頭から離れない。

あの犬たちは児島に殺される。ギャクタイされているんだもの、助けなきゃ。

けれど母親に言っても動いてはくれないだろうとわかっていた。それどころか隣家に入り込んだことを叱られるかもしれない。

自分に本物の探偵や警察の知り合いがいればいいのに。

どうにかしてあの犬たちを助けたい。

こちらを見つめていた目が忘れられない。あの子は助けを求めていた。救いを待っていた。

どうしよう。警察に言う？　学校で先生に言う？　友達に相談する？　どうしよう、どうしよう。

昴は顔を覆った。膝に肘を乗せ、頭をさげる。

どうして僕は子供なんだろう。どうすればいいのかわからない、子供なのだろう。

ヒーローになりたいと思っていた。アニメの主人公みたいにかっこよく。

だけど僕はヒーローじゃないから、あの犬たちを助けることができない。

この先、もしヒーローになれたとしても、今、犬たちを助けられなきゃ意味がない。

昴は両手を組んで強く願った。

犬たちを助けられるなら、ヒーローになれなくてもいいです。僕じゃなくてもいい、だれか助けてくれるなら。

そんな力が欲しい、誰か犬たちを助けてほしい。お願いです、誰か、誰か！

「……どーしたのー？」

不意に膝小僧に温かなものが乗った。

「おなかいたいのー？」

もう片方の膝にも。

昴は涙のにじんだ目をあけた。目の前に派手な着物を着た小さな子供たちがしゃがみこんでいた。

二

まいったな、と炎真は思う。

公園でいきなり走り出した司録と司命を追いかけると、なにやら深刻な顔をした小さな男の子に話しかけている。以前も公園で子供に関わって面倒なことになった。

いや、子供の案件は簡単に済んだのだが、そのとき公共物を破損したことを地蔵に責められ、また別な仕事をさせられたのだ。

「司録、司命」

声をかけると二人は同時に振りむいた。

「エンマさまー」

「たすけてぇ、わんちゃんが死にそうだって言うのー」

「おまえらな。お目付役が面倒を引き寄せてどうするんだ」

炎真が近づくと子供は目に涙をためて見上げてきた。

「なにを泣いている」

炎真の声に子供は鼻をすすりあげる。顔に怯《おび》えがあった。

「エンマさまー、お顔が怖いのー」

「もっと篁さまみたいに優しく言ってくださいよう」

「うるせえ。そっちこそ篁みたいに口やかましいぞ」

炎真は子供の横にどさりと腰を下ろした。子供はびくびくしながらからだをずらす。

「犬が死ぬって、なんだ？　病気なのか」

困惑した顔の子供の膝を司録はぽんぽんと叩いた。

「だいじょーぶ。エンマさま、顔は怖いけどやさしーから」

司命も反対側の膝を叩き、励ますように笑った。

「さっきのお話してみてぇ」

「話したら……助けてくれるの？」

子供は司録と司命の方を見ながら囁くように言う。

「きっとだいじょーぶ」

二人の声が揃《そろ》った。それに子供は小さくうなずくと、今度はしっかり炎真の方を見た。

「僕の家の隣の人が、犬を殺しているんだ」

子供は安藤昴と名乗った。昴の話は思いついたことから発言するため、時系列があっちへいったりこっちへいったりしてわかりにくかった。だが、とりあえず隣家の男が犬をたくさん飼っていてその犬が酷い目に遭っている、というのはわかった。

「エンマさまー」

ベンチの背後から司録と司命がにょっと顔を出した。ベンチの背もたれに懸垂のように摑まっている。

「犬が虐《いじ》められるのはかわいそうなのー」

「そいつ、こらしめてやりましょーよぅ」

二人ともむずかしいしかめっ面だ。

「なんだ、おまえらも篁と同じ犬好きなのか？」

炎真がからかうように言うと、

「実はー時々篁さまと不喜処に行ってるのー」

「亡者の血で汚れたワンちゃんたちをブラッシングするんですのー」

と内緒話を打ち明けるように言った。

「あいつ、そんなことまで……」

「あのね、聞いていていい？」

昴は炎真の顔を不思議そうに見る。

「エンマさまって……本名なの？　あだ名なの？　僕、アニメで見たことあるよ。地獄にいる王様のことだよね」

「あー……」

炎真は頰を人指し指でかいた。

「あだ名だよ。この二人は地獄ごっこにはまってるんだ」

どの時代でも、現世でエンマを名乗れば痛い目で見られてしまう。

「閻魔さまって嘘をつくと地獄で舌を抜くんだよね？」

「エンマさまは舌を抜きませーん。抜くのは獄卒《ごくそう》さんのお仕事ですー」

昴の発言に司録がベンチの背もたれにぶら下がりながら訂正する。

「ちなみに嘘をつくと堕《お》ちるのは大叫喚地獄ですのー」

司命はひょいと地面に降りると追加した。

「ほんとに地獄のこと、よく知ってるんだね。君ら僕より小さいよね」

昴は感心した顔で子供たちを見る。二人は顔を見合わせてくすくす笑った。

「あいつも……地獄に堕ちるのかな」

「児島ってやつか」

炎真が言うと、昴は暗い目でうなずいた。

「あんなに犬をひどい目に遭わせているんだもの。絶対地獄行きだよね！」

「だったら等活地獄だねー」

司録がぽんと手をたたく。

「説明してると日が暮れるけどぉ、とにかく酷い目に遭わせて差し上げますのぉ」

司命は指の先をあわせて嬉しそうに続けた。

「ねえ、ほんとに助けてくれる？　僕の話、信じてくれる？」

昴は炎真を見上げ、必死な形相で言った。

「信じるさ。おまえは嘘をついてない」

「……ありがとう」

昴はまた涙を浮かべたが、今度は悲しい涙ではなさそうだった。

「エンマさまはちゃんと嘘かほんとかわかるのよぅ」

「そうなんだ。ほんとの閻魔さまみたいだね」

司録と司命は耐えられない、という様子で吹き出し、炎真は渋い顔をする。昴だけがきょとんとしていた。

「エンマさまー、どうやって犬を助けるのー？」

笑いを抑えて司録が炎真に聞いた。

「そうだな、……篁を呼んできてくれるか？」

「わかりましたー篁さま、犬、大好きですものねー。呼んできますー」

「ああ、頼む」

「ちょっとお待ちにぃ」

司録と司命はベンチの後ろに走り込んだ。しゃらーんと金属を擦るような音がする。昴が振り向くと二人はもういない。

「あれ？　あの子たち、どこへ行ったの？」

「気にするな。もう少し待てば犬の専門家が来る」

「う、うん……」

それでも昴は何度も振り向いて、司録と司命の姿を探していた。

「エンマさまー」

遠くから声をかけられ顔を向けると、司録と司命を両腕に抱いた篁が走ってくる。

「犬の危機と聞いて駆けつけましたよ！」

「よう、たかむ……あ？」

その後ろにいる人物を見て炎真は眉をひそめた。

「おい、なんだって地蔵がいるんだよ」

篁の背後に利休白茶《りきゅうしらちゃ》と呼ばれる淡いブラウングレーの紬《つむぎ》を着た地蔵がいた。長い髪をひとつにまとめて背中に流している。

「すみません。部屋を出るときバッタリ会ってしまって」

篁は子供たちを腕からおろして頭を下げた。

「地蔵、止めにきたのか？」

「いえ」

地蔵はベンチにふんぞりかえったままの炎真に、たおやかな笑みを浮かべた。

「炎真さんがやりすぎても困りますからね。監視に来ただけでござんす」

それを聞いて炎真はにやりと片目をつぶる。

「話がわかるじゃないか」

「それはブリーダーというものかもしれませんね」

昴から再度話を詳しく聞いた篁は、考えながら言った。

「犬を繁殖させて売る商売です。子犬のうちでないと高値で売れないんですよ。素人が手を出して、管理しきれず崩壊するものも多いです」

「個人がやるのは違法じゃないのか？」

現世の商売にはあまり詳しくない炎真が聞くと、篁は首を振った。

「動物取扱業の届出を出せば許可されるんです。その児島という男が出しているかどうかは疑問ですが」

篁もさほど現世に精通しているわけではないが、犬関係は把握しているらしい。

「昴くんから聞いた話だと、環境もひどそうだし、犬たちを早く助け出さないと危険な状態でござんすね」

地蔵は懐手をして辛そうに眉をひそめる。

「こっちの世界じゃそういう犬を助ける機関みたいのはないのか？」

うーん、と篁は首をひねった。

「愛護団体や保護団体がありますが、法的な権力はありませんね。児島がブリーダーを廃業するというなら、そういう団体が間に入って犬を助けられるでしょうが」

「それは期待できそうにもない話でござんすねえ」

「待っているひまもなさそうだな」

炎真は結論づけた。

「そうです。今すぐに、物理的な手段で犬たちを助けないと」

「いいか？　地蔵。物理的な手を使うぞ？」

炎真がにやりと笑ってみせると、地蔵は細い眉をきゅっと寄せた。

「仕方ありません。緊急事態ですから……でも裏はとってください」

「裏？」

「児島という男がブリーダーであるという記録です」

地蔵が司録と司命を見やると二人は飛び跳ねた。

「まーかせて！」

「顔を確認したらばっちり記録をとってきますのー」

炎真の隣に座っていた昴に駆けつけ両方から手をとる。

「もう安心だよー」

「わんちゃん助けますのー」

昴はわけがわからない様子で笑い声をあげる子供たちを見る。

「安藤昴」

名前を呼ばれ、はっと昴は炎真の方を向いた。

「その悪質なブリーダーの家は遠いのか？」

炎真はベンチから立ち上がった。薄い腰に手をあて、コキコキと首を回す。仕事はしたくないが、これはちょっとしたストレッチ代わりになるだろう。

「ううん。この近く」

「よし、案内しろ」

三

児島努は金属バットでドンッと床を叩いた。犬たちがびくっと四方の壁に張り付く。床は糞尿だらけで餌の袋や箱もびりびりに裂かれて散らばっている。足元のバケツを蹴とばすと、空のそれは勢いよく飛んで、うずくまっている犬に当たった。その犬はもう鳴きもしない。

「くっそ」

また死体が増えた。児島は棚の上の消臭スプレーを取り上げレバーを押した。だが、それも空だ。

「ったくよお……ブリーダーは金になるって言ったのは誰だよ」

確かに子犬は売れるが全部が全部というわけではない。売れ残った犬は成長する。餌代もばかにならないし、喰えばクソをする。五年前に借りたこの家のフローリングの居間を犬部屋にしたが、ここを退去するときのクリーニング代のことを考えると頭が痛い。

会社を辞め、三鷹で輸入雑貨の店を始めた。最初はうまくいってたが徐々に売上が落ち、勧められて犬の生体販売を始めた。こちらもうまくいったのは最初だけで、最近はネットで悪評が広まりまったく売れなくなった。

「やっぱ、全部処分してとんずらすっか……」

さっき家に忍び込んでいた子供も気になる。リビングの前にしゃがみこんでいたから、この部屋の様子を見られたかもしれない。親や警察に言われたら面倒だ。

しかし、今身ごもっている三頭のメスが子犬を産んでからでも遅くはない。犬は一度に三匹から五匹産む。人気のあるトイプードルとレトリーバー、それに黒柴の子ならきっと金になるだろう。

今、ケージに入れているその三頭には餌を与えているが、他の犬に与える余裕はなかった。

一頭の耳の垂れた大型犬がよたよたと近づいてきて、児島の靴をおずおずと舐《な》める。児島は舌打ちして犬を蹴り上げた。ぎゃん、と弱々しい声を上げて、犬は隅に逃げる。

「寄ってくんじゃねえよ！」

不意に小さなキャリーに入れているチワワがギャンギャンと鳴きだした。この犬は液状の下痢が止まらず、床を汚すのでキャリーに入れっぱなしだ。

「うるせえっ」

児島はそのキャリーを蹴った。犬は鳴き止《や》まない。それに合わせるかのように他の犬も鳴きだした。

「やかましい！　静かにしろ！　てめえらのせいで、隣のババアが文句をつけにきやがるんだぞ！」

バットを振り回すと犬たちが部屋の中を走り回る。それを追いかけた児島は、落ちていた餌の袋を踏んで、滑って尻もちをついた。

「いてえっ！」

はっと顔をあげると犬たちが取り囲んでいる。本能的な恐怖に襲われ、児島はバットを振り上げた。

「てめえらはもういらねえ！　ぶっころす！」

そのとき、ピンポーンと間延びしたインタフォンの音がした。犬がいっせいにドアの方を見る。

児島は立ち上がった。餌を頼んでいた宅配業者かもしれない。壁に近づくとインタフォンのスイッチを押した。

「はい……」

それより一〇分ほど前。

炎真は安藤昴に案内されて児島の家にやってきていた。確かに鼻をつく異臭がある。

「臭いな、これじゃあ近所から苦情が出るだろう」

炎真は鼻の下を擦った。

「うん、お母さんもいつも臭いって文句言ってる。前にお父さんと一緒に注意しに行ったけど、怒鳴られて追い返されたって言ってた」

昴は隣の自分の家を見上げながら言った。

「どうやって犬を助けるの？」

不安そうな顔で自分を見ている昴に、炎真は軽く肩をすくめてみせた。

「なにって、悪徳ブリーダーとやらに説教してやるんだよ。それで犬を逃がす」

炎真は門扉の柵に手を伸ばした。内側に鍵がかけられ、ガチャリと抵抗がある。

それをひっぱろうとした炎真の手を、地蔵がぐっと押さえた。

「まずは穏やかに話し合いと参りましょうよ」

地蔵がインタフォンを押す。

「……はい」

唸《うな》るような返事があった。

「こんにちは、児島さん。ちょっとお話ししたいことがあるんでござんすが」

「なんだ、おまえ」

「おたくの環境のことでお尋ねしたいことが――」

「帰れ！」

言葉の途中でブツッと通話が断ち切られる。

地蔵はめげずに再度インタフォンを押した。

何度かピンポンとやっていると、玄関のドアが勢いよく開く。

「うるさいぞ！」

出てきた男は金属バットをぶら下げていた。あちこち変形し、黒ずんでいる。篁の顔色が変わった。

「あなた、犬をたくさんお飼いになってるでしょう」

地蔵は穏やかに言った。

「状態の悪い犬がいたらお引き取りしましょうか？」

「うちには犬なんかいねえ！」

パシン、と児島は持ったバットを掌《てのひら》で受ける。

「因縁つける気か!?」

「おやおや、物騒な。けれど、この臭いは犬の臭い、糞尿の臭い。それに……」

地蔵は細い目を開いた。

「死臭ではないですか？」

「帰れ！」

ガシャンッと児島のバットが門扉を打つ。地蔵は門扉から離れた。

「お話にもならないようでござんすね」

児島が玄関の内側に引っ込むのを見届け、塀に沿って隠れていた司録と司命を振り向く。

「児島の記録をだせますか」

「おまかせよー」

「顔と名前を確認しましたぁ」

司録と司命が空中に手を伸ばすと、どこからともなくキラキラキラキラとトライアングルを鳴らすような音がした。同時に一本の巻物が現れる。そばで見ていた昴が驚いて尻もちをついた。

児島努の今までの人生の記録帳だ。善行も悪行もすべて記載されている。後半はまだ未来が決定していないので白紙のままだ。

炎真がそれを取り、さっと広げた。

「――やはり生体販売をしているな。業績はよくない」

「しかも無届けです――ああ、こんなに死なせてしまって」

覗《のぞ》き込んだ篁の目が怒りに燃える。

「じゃあ物理的に助け出すぞ」

炎真はどこかうきうきした様子で門扉の柵の間に手を入れた。鍵に指をかけるとひょいとひねる。バキンと案外軽い音がした。

「……」

地蔵の細い眉がぴくりと跳ね上がったが、口は開かなかった。炎真は門扉を開けるとすたすたと中に入り込む。篁もそのあとに続いた。

「あなたは姿を見られない方がよござんしょう」

地蔵が昴を振り返った。昴はぽかんと口をあけ、地面に落ちた鍵を見る。

「昴ちゃん、すこし待っててくださいねー」

「すぐすみますのぅ」

司録と司命に手を振られ、昴は我に返ったようだ。

「司録、司命、おまえたちは昴くんと一緒にいてあげておくれ」

地蔵は続けて二人にも言った。

「えー、つまんないですー」

「司命たちも一緒がいいのぉ」

二人は膨れっ面をしたが、地蔵は笑って手を振った。

「必要なときは呼びますから」

そう言っている間にも、炎真はドアノブをガチャガチャやっている。今度はバキリ、とかなり大きな音が響いた。

「ああ、まったく……雑なんだから」

地蔵は舌打ちすると長い髪の先を翻して玄関に向かった。炎真が放り投げたのはドアノブらしい。

立ち尽くしている昴の手を司録が引っ張った。

「昴ちゃん、だいじょーぶだからあっち行っていよー」

逆側の手も司命に引っ張られる。

「エンマさま、働きたくないって言うけど、結局ヒマなのも嫌いなのですわぁ」

「あの、」

昴は恐る恐る言った。

「君たち――あの人たち――いったいなにものなの？」

司録と司命は顔を見合わせ、にっこりした。

「地獄の閻魔さまご一行さまでーす」

四

児島家に入ると悪臭がいっそうひどくなった。炎真は顔をしかめながら手近のドアを開ける。

そこは元はフローリングのリビングだったのだろうが、見る影もなく汚れていた。窓には段ボールが貼られ、薄暗い。

突然の侵入者に、中にいた男が驚いた顔でバットを握り直す。その足元には一匹の中型犬が倒れていた。

「なんてことを!」

篁が悲鳴をあげ、犬に駆け寄る。犬はぴくぴくと痙攣《けいれん》し、口から白くどろりとした泡を吹いていた。

「だ、だれだ、おまえら!」

「おまえが児島だな」

炎真は両手を組み、パキリと指を鳴らした。

「確かにここは犬を飼う環境じゃないな」

糞尿やほこりで汚れきった床、噛み切られぼろぼろになったカーテン、でこぼこにへこんだキャリーケースの中で小型犬が血を吐くような勢いで鳴いている。犬たちはみな壁に張りつくように立っていて、隅には死体が重なっていた。

「か、勝手に入ってきてなんだ！　警察を呼ぶぞ！」

「呼べばどうだ？　この様子を見せたらいい」

炎真は両手を広げて部屋を示した。

「犬は俺のものだ。鳴らなくなったラジオを壊したって罪にはならねえんだぞ！」

「鳴らなくなったラジオ、ですって？」

篁が死んだ犬をそっと床に置き、立ち上がる。

「この子たちには命があるんですよ」

彼が前髪を押さえていたカチューシャに震える手を伸ばしかけたとき、地蔵の柔らかな声が止める。

「篁さん」

篁はぎゅっと拳を握りこんだ。

「見たところ満足に餌も与えてないんだろう。餌を買う金もないなら儲《もう》からないブリーダーなんか辞めたらどうなんだ。犬の引き取り手を世話する団体もあるそうだが」

その言葉に児島が目を見開いた。

「そ、そうか、わかったぞ！　おまえらアレだろ、犬の保護団体とかなんとか」

「俺たちはただの通りすがりだ」

「犬の助けを求める声が聞こえたんでござんすよ」

炎真と地蔵の声が重なった。

「おまえら……っ、でていけっ！」

児島がバットを振るう。炎真はそれを手の甲で受け止め、あっさりと弾いた。バットはガシャンと窓ガラスを割る。

「乱暴だな」

軽く手を振って炎真が児島に近づく。そのとき、一頭の茶色く汚れた犬が、ふらつきながらも児島の前に立ちはだかり、低く唸った。

あばら骨が浮き出るほどに痩《や》せ、垂れた耳も黒く汚れ、毛がまだらに抜けている。そんな老齢でもないのに、栄養状態が悪いせいで、片目はすでに白く濁っていた。しかし残っている目は茶色く澄んでいる。

「……おまえ」

篁が目をしばたたく。

「おまえ、こんな目に遭わされてもこの人間を主人だと思っているんですか？」

犬は児島の前で震える足で踏ん張っている。児島はその背後でひきつった笑みを浮かべた。

「そ、そうだ！　俺はこいつらの飼い主だ、主人だ！　こいつらは俺の大事な商品なんだよ、わかったらとっととと出て行け！」

「あなたは――」

篁が赤く潤んだ目で児島を睨む。

「この子たちの気持ちを少しでも考えたことがあるんですか！　犬はあなたのお金儲けの道具じゃない！」

右手がカチューシャをむしりとる。柔らかな前髪がばさりと落ちると、そこから小さな銀色の角が現れた。

「なっ、お、おまえっ……っ」

篁の目が青く光る。禍々《まがまが》しい気配がその全身から溢《あふ》れだし、白い頬が赤黒く染まった。指先の爪が長く伸びる。

細いからだが跳ねあがる。とっさに地蔵が児島のからだをひっぱらなければ、篁の爪が児島の顔面を引き裂いていたかもしれない。空を切ったその爪は、壁に食い込み、えぐり取った。同時に犬がその攻撃に反応して炎真に飛び掛かっていた。

「痛えな」

犬の牙ががっつり炎真の腕に入っている。篁を庇《かば》って差し出した腕に噛みついたのだ。

「あ、エ、エンマさま」

我に返った篁がぎょっとした顔で立ち尽くした。

「す、すみません、僕は……」

「ああ、気にすんな」

炎真はそう言うと自分の腕にくらいついている犬の目を覗き込んだ。

「おまえ、ガッツあるな。死んだら不喜処で働かないか？　おまえならいい地獄犬になるぜ」

犬は鼻にしわをよせ低く唸っていた。炎真はじっと瞳を見つめる。ひとつだけ残った茶色い目から犬の感情が伝わってきた。

犬は待っていたのだ。

まだ、児島に余裕がある頃、子犬だった彼は児島から十分な餌をもらい、頭を撫でられたことがあった。抱き上げられ、部屋の中を一緒に歩いたこともあった。

子犬だった時期が過ぎ、成犬になるとからだが大きくなった。その頃から児島の商売もうまくいかなくなり、何度も殴られたり蹴られたりした。餌もほとんどもらえなくなった。

けれど、覚えていた。

頭を撫でてくれる手を覚えていた。

いつかきっと、もう一度。

犬はただ待つことしかできなかったのだ。

「そうか――おまえ……」

炎真は目を閉じた。それにつられるように、犬も目を閉じ、もう一度開けたときには口を開いて顎を引いた。炎真のTシャツの腕に開いた穴を申し訳なさそうな顔で見上げる。

「さて」

炎真はぐいっとTシャツの袖をめくると、犬の歯形のついた血の流れる腕を児島に突きつけた。

「おまえのペットが俺の腕を噛んだぞ。こりゃあ縫わなきゃいけないようだ。治療費、通院費として百万ばかりもらおうか」

「な、なにを……」

「刑法第二〇九条の過失傷害罪でござんすね。飼い犬が他人に怪我を負わせた場合は飼い主の責任。どうせ保険なんか入っておざんせんしょ。罰金と慰謝料をあわせると百万じゃたりないかもしれませんよ」

地蔵がすらすらと言いたてた。

「お、俺は知らん、犬が勝手に噛んだんだ」

「あなたの犬でござんしょう？　それとも……」

地蔵は人の悪い笑みを浮かべる。

「ノラ犬でござんすか？」

児島はのどを喘《あえ》がせた。

「そ、」

せわしく周りの犬たちを見る。

「そうだ、ノラ犬だ。俺の犬じゃない！」

「へえ」

地蔵は血まみれの腕を舐めている炎真の方を向く。

「炎真さん、あなたを噛んだのはノラ犬だそうですよ。ところでどちらの犬が噛んだんでしたっけ？」

「ああ、そうだな」

炎真はにやにやと笑いながら犬たちを見回した。

「どの犬だっけなあ？　この部屋の犬全部に襲われたかもしれないな」

「な、なにを言ってるんだ！」

「おい」

炎真は血に濡れた手で児島の襟首を摑みあげた。

「こういう場合被害者の言い分の方が正しいんだよ。俺が全部と言ったら全部だ」

自分のからだが炎真の腕一本で宙に浮いてゆく。児島は信じられないものを見る目で炎真を見つめた。

「いい加減自分の行いを反省したらどうですか」

篁が近寄って顔を児島に寄せる。角も爪ももう消えていた。

「犬は全部引き取らせてもらうぞ、いいな？」

児島はガクガクと首を縦に振る。

「お、おまえたちはいったい……」

炎真は手を離した。児島のからだが床に落ちる。

「地獄でまた会おう」

そう言うと、炎真は狐《きつね》の形に作った指を児島の額の前に差し出し、それを軽くはね上げた。

「ぎゃっ！」

児島のからだがふっとび壁に激突する。ズシン、と大きな音をたてて窓が振動で揺れた。

「ちょいと、炎真さん……。やりすぎじゃあござんせんか」

伸びている児島の呼吸を確かめて、地蔵が振り向く。

「デコピンひとつだぜ？」

「ご自分の力を考えておくんなさい」

「ここの犬はどうされるんですか？」

炎真を嚙んだ犬を始め、たくさんの犬に囲まれた篁が、そのからだの状態を調べながら言う。

「運び出して全員地獄で治療しよう。治ったら少しずつ現世へ戻す」

「ただ戻すだけだと迷い犬として保健所行きですよ。無責任じゃござんせんか？」

しゃがんで犬の頭を撫でていた地蔵の責めるような言葉に、炎真は少し冷たく聞こえるような声で答えた。

「現世の犬は現世のものになんとかしてもらう。それで処分されたとしたらそれはもうその犬の運命だ。あとは不喜処で篁がかわいがるさ、なあ？」

「そ、そりゃかわいがりますけど」

いきなり自分に話を振られ、篁が慌てる。

「でも現世の犬は現世で人間にかわいがられる方がいいんですよ……」

「そうですね――」

地蔵は少し考えていたようだが、

「わかりました。私がなんとかしましょう。不動産業の方のつてを使って、里親を探します」

「そうか。なら頼む」

こころなしか炎真の声も優しくなった。

「でも、エンマさま、地蔵さま」

カチューシャで前髪を押し上げた篁が、児島を見て不安気に呟いた。

「今、この犬たちを助けても、こいつはまた同じような真似をするかもしれません。現世の法律じゃ裁けないいんですから」

「そうでござんすねえ」

地蔵はぱんっと袂を払うと、人指し指を高くあげた。

「だったらひとつ、天罰でも授けておきましょうか」


「あ、エンマさまたちだー」

児島家の外で待っていた司録と司命、それに昴は玄関の開く音に一斉に門扉に集まった。

彼らの手に犬がいないのを見て、昴がぎゅっと門扉の柵を握る。

「犬は!? 犬はどうしたの!?」

「ああ、みんな助けたぞ。治療のために俺の地元に送った」

「あ、ありがとう！　ほんとにありがとう！」

昴はキラキラした目で炎真を見上げた。

「エンマさんは本当の閻魔大王だったんだね！　すごい！　僕、本物の閻魔大王に助けてもらったんだ！」

「おまえら……」

炎真はそばにいる司録と司命に目をやった。二人は身をすくめてしゅんとしている。

「バレちゃあしょうがないな。だけどこのことは秘密だぞ」

炎真は昴の両頬を片手でぐいっと摑んだ。

「人間のおまえと地獄の王の約束だ」

「わ、わかった……わかりました」

昴は押さえられている顔で懸命にうなずいた。

「でも、ひとつだけ。ひとつだけお願いがあるの！」

児島努が目を覚ましたときには、リビングは汚れだけを残してガランとしていた。

しばらく頭痛の残る頭を押さえていたが、やがて児島の中に怒りが生まれてきた。

「くそっ！　あいつら……っ」

よろよろと立ち上がり、リビングから寝室へ移動する。寝室には一匹の犬も入れていないのできれいに整えられていた。

児島はボトムの尻ポケットからスマホを取り出した。

「あいつら……訴えてやる。そしてもう一回犬を……」

呟いた瞬間、児島は盛大なくしゃみをした。一回、そしてもう一回。背骨が折れるかと思うほどの勢いだった。

「くそっ」

鼻をすすりあげ警察の番号をタップする。

すぐに相手が出た。

「はい、警察です、なにがありましたか」

「あ、あの、俺の犬が……」

言ったとたんにまたくしゃみが出る。

「もしもし？　事件ですか、事故ですか？」

相手の声が耳元で響いた。

「じ、事件です、俺の犬が」

再びくしゃみ。だらりと鼻汁が垂れてきた。

「あ、あの……」

このあとも話そうとするたびにくしゃみが出て、結局なにも言えないまま、「あとで」とだけ伝えて児島は電話を切った。

「な、なんだ、いったい……」

目も痒《かゆ》くなり、腕にもぶつぶつと発疹ができてくる。やがて耐えきれないほどの痒みが全身を襲った。

「ひいいいぃっ!」

児島は床を転げ回り、全身を叩きつける。しかし、痒みは治まらなかった。

さすがにこれは異常だと児島は家を飛び出し、医者に駆け込んだ。医者は児島の症状を見て、アレルギーだろうと判断した。二、三日して出た結果に児島は目をむいた。

児島のアレルギーは、犬、猫、うさぎ、鳥、馬、牛、魚……ほぼすべての動物に対して現れた。しかも奇妙なことに、動物の毛やフケ、肉だけではなく、犬や猫という文字を見たり、言葉を口にするだけでもアレルギー症状が現れたのだ。

児島の耳に医者の小さなひとりごとが妙にはっきりと聞こえた。

「こんな症例は見たことがない……まるでなにかバチが当たったみたいだ……」

終

「しかし、地蔵さまはえげつないですねえ」

　篁の言葉に炎真は苦笑した。

「現代風でいいじゃねえか。避ければ症状はでないからな。もう動物を使った金儲けはできねぇな」

「だけどこれでもう動物性の食べ物を食べることもできなくなったんでしょう？　かなり厳しいですよね」

　篁はさすがに気の毒そうな顔をしている。

「なに、今はいろいろな代用食品があるだろ。俺としては蕎麦《そば》や米や小麦にアレルギーがある人間の方がお気の毒だと思うがね」

「そりゃそうですけど」

　炎真は篁の頭をぽんぽんと叩く。

「同情なんかしなくていいぜ。なんせ篁がしばらくぶりに角を出した相手なんだし」

「言わないでくださいよ……」

篁は恥ずかしそうに頭を押さえた。

「ダメですねえ。犬のことになると抑えがきかなくて」

「おまえがそんな犬好きになったのって、なにか理由があるのか？」

炎真に言われて篁は首をかしげ、記憶を探った。

「さあ……昔から好きでしたけど……やっぱり島に流されたときかなあ」

「時の天皇に逆らって流されたんだっけ？」

「はい。隠岐《おき》の島でしたね。生活にはあまり困らなかったんですが、退屈でね。そんな僕を慰めてくれたのが、島の犬たちだったんですよ」

篁は懐かしそうな顔をした。

「ふうん」

「許されて京に戻るとき、こっそり仔犬を懐に入れて戻りました。その子とは死ぬまで一緒でしたね」

もう目が潤み始めている。

「なるほどな」

「犬はほんっとにかわいいですよねえ」

「そうか。俺は猫派かな」

「えっ、初耳ですよ！」

篁が仰天する。

「おまえが犬派なら猫派になっておこうかなと。それより、ほら、来たぜ」

炎真が公園の入り口を顎で示す。そこには白い犬を連れた安藤昴が来ていた。

艶のある毛並みにまん丸な目と大きな黒い鼻、垂れた耳が愛嬌たっぷりだ。白内障となり白く濁った片目は治療することができなかった。

犬は二人を見ると嬉しそうに尻尾を振った。

「こんにちは」

昴は炎真と篁に頭をさげた。犬がワンと吠《ほ》えて後ろ足で立ち上がろうとする。

「あ、だめだよ」

昴がやんわり言うと、すぐにお座りの体勢を取った。

「へえ、うまくしつけてるじゃないか」

炎真の言葉に昴は首を振る。

「こいつ、とても賢いんだ。僕の言葉がわかるみたい」

「ふうん」

炎真が腕を出すと、犬はおずおずとその拳を舐めた。

「この子、エンマさまを噛んだこと、覚えているみたいですね」

篁が炎真にそっと囁く。

「そうだな」

顎の下を撫でると、犬はうっとりと目を閉じ顔をあげた。

「おまえ、白かったんだな。あの家じゃあ茶色かったが」

「ラブラドール・レトリーバーだってお父さんが言ってた」

昴はしゃがんで犬の太い首を撫でた。

「そうか。おっさんみたいな顔だな」

犬は炎真の手に顔を擦りつける。

「閻魔さま、ありがとう」

昴が犬の頭に手を置いて言った。

「僕、どうしてもこいつ飼いたかったんだ。あのとき、こいつの目をみた瞬間、僕の犬だって思ったんだ」

「俺はなにもしてないぜ」

「でも僕のお願い聞いてくれたじゃない」

昴が炎真に言ったお願い——それは犬たちの中でこの犬を自分で引き取りたいというものだった。両親は反対するだろう、それをなんとかしてほしいと。

「地蔵のつてでうまいことおまえの親父に繋ぎを作っただけだ。俺らは縁を結んだだけ。犬を飼いたい、ちゃんと世話をする、勉強もがんばると、おまえがねばったから飼えたんじゃないのか」

「僕もがんばった。いままで一番、お母さんと戦った」

昴は笑った。犬がその笑い声に反応して昴の顔を見る。

「でもやっぱり閻魔さまが約束してくれたからだと思う。お母さんが最終的に許してくれたのは」

「そうじゃねえよ」

炎真は真面目な顔で首を振った。

「おまえの親が子供の真剣な気持ちをちゃんとわかってくれる奴だったからだ」

昴は犬の顔を指先でかいた。

「僕は虐められていた犬たちになにもできなかった。だからせめてこいつだけは、僕が幸せにしてあげたいんだ」

「なにもできなかったなんてことないだろ」

炎真は人差し指でつん、と昴の額をつついた。

「おまえはこいつらの気持ちをわかってやれたんだから」

昴は自分の足元を見て、犬を見て、それから炎真を見上げた。

「僕ね、おっきくなったら閻魔さまみたいに強くなるよ！」

「はは、そんなこと言ったのはおまえが初めてだな」

閻魔は照れ臭そうに言って昴の頭を撫でた。

「こいつの名前、エンマにしていい？」

昴はぐいっと犬の首を抱き寄せた。

「あ？」

「閻魔さまのこと、忘れたくないからさ」

「エンマはなあ……どうせならヤマにしたらどうだ？」

「ヤ、マ？」

「閻魔大王の別名ですよ」

篁が言うと、昴は「ヤマ、ヤマ」と口の中で繰り返した。

「いやならエンマでもいいが」

昴は笑って首を横に振った。

「ううん、いいよ。ヤマ――ヤマ、とってもいい名前だよ」

「そうか」

犬――ヤマも気に入ったのか、「わふん」と小さく吠え、尻尾を振った。

「かわいいですねえ」

篁が犬を抱き寄せ滑らかなからだに頬をつける。

「ヤマが死んだら篁さん、飼ってくれる？　それで僕が来るまで面倒みて」

「ええ？　返すこと前提ですかぁ？」

不満げな篁に炎真が笑う。篁も笑い返して空を仰いだ。

「いいですよ。僕が面倒を見て、君が来たら虹の橋の袂で待っています」

「虹の橋？」

「はい、そこには飼い主と別れた動物たちがいるんです。それに、悲しい思いをして死んでいった子たちも。みんな、そこで元気に幸せに走り回っているんです……」

空を駆けるたくさんの尻尾たち。その楽しげな声を聞くように、篁は目を閉じて耳をすました。

第三話

えんま様と花嫁の夢

busy 49 days
of Mr.Enma

序

喉が渇いた。ひりつくような喉の渇きに目を覚ましてしまった。階下に降りずにすむように、二階の自室にペットボトルを置いていたはずだが、いつのまにか空になっている。渇きを癒すためには下のキッチンで水を飲むしかない。同じ二階の向かいの部屋には妹もいるのだが、こんな夜中に起こして水を取りにいかせるのもかわいそうだ。

旦野千秋《たんのちあき》はしぶしぶベッドから起き上がると、カーペットの上に足を下ろした。ドアを開けて廊下に出る。小さな明かりが点《つ》いていたが、階段の方までは光が届いていない。千秋は階段の上に立ち、階下の闇を見下ろした。

こんなに階段は長かっただろうか。まるで下が見えない。

不安に駆られ、千秋は階段を照らす照明のスイッチを入れた。すぐに明かりが点き、そこにいつもと同じ光景が現れる。

別に階段が長くなっていたわけじゃない。

自分の怯えようがおかしくなって、千秋は鼻息で笑い、それからわざと「ふふッ」と声にしてみせた。

階段をゆっくりと降りる。カーディガンを羽織らなくても寒くない夜になった。そうだ、もうそんな時期だもの。来月は結婚式だから。私は春の花嫁になるのだから。

結婚のことを考えると楽しみでもあり、不安でもある。三年つきあった啓樹《はるき》のことはよく知っている。彼とずっと一緒にいたいと思ったし、この人しかいないと思ったからプロポーズを受け入れた。けれどやはり彼は他人だ。うまくやっていけるのだろうか？　母親は父と結婚するとき不安ではなかっただろうか。今度じっくり話をしてみよう……。

そんなことを考えながら階段を降りた。且野家の階段は玄関を入ってすぐだ。したがって、階段を降りると玄関のドアが目の前に見える。階段の照明にぼんやり照らされるドアを見たとたん、再び不安がこみあげてきた。

胸がどきどきする。からだの内側から叩かれているような気さえする。

（どうしてこんなに玄関が怖いの？）

水を飲むために降りてきたのだから、さっさとキッチンへ行けばいいのに、千秋の足は動かない。顔も動かせず玄関のドアを見つめているだけだ。

カ、チャン。

玄関のドアレバーが。

L字型のレバーがわずかに下がった。

誰かが外から開けようとしている。

だが内側からロックされているので、それ以上は下がらない。

カチャン、カチャンカチャン。

苛立たし気にレバーが何度か下がる。

こんな夜中に……。

千秋は片手で口をふさいだ。ここに自分がいることを気づかれてはいけないと思ったからだ。

「……あけて」

声が聞こえた。男とも女とも、子供とも大人ともわからない、声。

「あけておくれよぅ」

ドン、とドアが外から叩かれた。

「あけてよう」

ドン、ドンと何度も叩かれる。外にいるのは一人ではないようだ。

「……だれ？」

千秋はついに声を出してしまった。

「ちあき、ちあき」

外のものは千秋の名を呼んだ。

「誰なの？　なんでわたしの名前を知っているの」

「ちょっとだけあけて。ほんのすこしだけあけて」

だめだ、と頭の中では叫んでいるのに千秋のからだは勝手に動いて玄関のたたきに降りた。千秋は自分の腕が伸びてドアレバーを摑むのを見る。

あ、夢だ、と千秋はわかった。自分は夢を見ているのだ。それが証拠に、自分が戸を開けようとしているのをどこか高い位置から見ている。玄関はいつの間にか見知らぬ場所に変わっていた。ドアは木製の引き戸になっていて、腰を屈《かが》めてようやくはいれるくらいの低さだ。立っているところも土の上で、昔の家の土間と呼ばれる場所だった。

（だめ、だめ！）

千秋は自分に向かって叫んだ。

（開けないで！）

だが、夢の中の千秋は引き戸を開けてしまう。ほんの少し、指の先が入るくらい細く。

そのとたん。

その細い隙間から黒いなにかが滑り込んできた。それはまるで泥のように、夜の風のように千秋のからだを包み、乗り越え、土間の内側に溢れてしまった。黒い流れの勢いは留まらず、廊下を滑り、走り、溢れ、両親の、妹のいる部屋へなだれ込む。

(だめ、だめ！)

千秋は叫んでいた。

(逃げて！ お父さん！ お母さん！ 夏摘《なつみ》！)

だが遅い、遅すぎた。見ろ、父も母も、希望の大学に入ったばかりの妹も、おまえの家族は死んでいる。

だれかが千秋の背後で笑った。目の前には畳の上にあおむけに倒れた父と母と妹。彼らのからだは真っ赤な血で染まっている。

おまえが呼んだ。呼び込んだ。それでみんな死んでしまった。そしておまえも。

千秋は自分のからだを見おろした。そのからだの真ん中から、白く細い骨のような刃物が突き出している。血が噴いて、床にびしゃびしゃと音をたてていた。

「いや……」

結婚式があるのに。明日結婚するのに。祝言をあげるのに。

「いやあああっ！」

「姉さん！」

揺すられて千秋は目を覚ました。すぐ近くに妹の顔がある。五つ違いの妹は自分によく似た顔をしていた。

「姉さん！　起きて！　夢だよ！」

「……なつ、み」

「よかった、全然目を覚まさなくて。ずっとうなされてたんだよ」

「わ、たし、また？」

「うん……わたしが同じ部屋で寝ててよかったよ」

そうだ、このところずっと怖い夢を見るから……妹に同じ部屋で寝るよう頼んだのだった。

「姉さん、大丈夫なの……？」

妹が心配そうにのぞき込む。

「うん……だいじょうぶ……。水を……飲みにいく」

千秋はふらふらと立ち上がり、ドアを開けて廊下に出た。廊下には小さな明かりが点いていたが、階段の照明は消えていて暗かった。

千秋は階段の上に立ち、下を見下ろした。今見た夢と同じように真っ暗だ。

壁をさぐって照明のスイッチを入れる。明かりは二、三度またたいた。一瞬明るくなった時、階段の上に這《は》っている黒いものを見た気がしたが、光はすぐに切れて再び暗闇になった。

スイッチを何度押してももう点かない。闇の中、階段をソレが上ってくるのではないか……。

じりっと千秋は後ろにさがった。とん、と背中に柔らかなものがぶつかった。

「夏摘？」

振り向いた千秋は悲鳴を上げた。夏摘の顔から真っ赤な血が流れている。そのパジャマも赤く染まっていた。

「姉さん！」

揺すられて千秋は飛び起きた。

「大丈夫？　うなされていたよ？」

妹が背中を撫でてくれた。千秋は顔を覆い、深い息をつく。

「怖い夢、見ちゃった……」

「このところずっとじゃない、大丈夫？」

「だいじょうぶ……」

ぺしゃり、と背中が濡れた。そんなに汗をかいてしまったのだろうか？

目をあけると布団の上にぽたぽたと赤い雫《しずく》が落ちてきた。

「え……？」

千秋はおそるおそる顔を上げた。すぐそばで背中を撫でてくれている妹を見た。

「なっちゃん……」

夏摘の唇から血が滴り落ちる。その胸から、細く白い骨のような刃物が突き出ていた。

「明日は祝言……なのに」

妹が呟いた。真っ赤な唇で、血を吐きだしながら。

「姉さんの……せいで……。姉さんが……開けた……から……」

「きゃあああああっ！」

悲鳴を上げ続ける姉を、且野夏摘は必死に押さえつけていた。

「姉さん！　姉さん、目を覚まして！」

「いやだっ！　いやだああっ！」

「姉さん！」

騒ぎに階下から両親も駆け上がってきた。

「どうしたんだ!?」

「姉さんが起きないよ！」

夏摘の言葉に父親が千秋を乱暴な勢いで揺する。

「千秋、起きろ！　目を覚ませ！」

それでも目を覚まさない娘に、母親が身を乗り出し、ぱしんっと頬を張った。

「千秋！」

ぱっと千秋が目を開けた。覗き込んでいる家族に一瞬怯えた顔をしたが、あわてて周りを見まわす。

「お父さん……お母さん……？　わたし、起きてるの？」

「起きてるよ、姉さん」

「千秋、大丈夫？」

家族はかわるがわる長女の顔を覗き込んだ。母親は自分が叩いた娘の頬を優しく撫でる。

「……起きてる、の？　ほんとに起きてる？」

「ほんとだとも」

家族から撫でられたり叩かれたりして千秋はようやく深く呼吸をした。

「よかった……怖い夢を見たの……」

家族は互いの顔を見合わせ、それから長女を見る。

「ここんとこずっとじゃない」

「大丈夫なのか？」

「……ねえ？」

千秋はそれには答えず顔を上げ、家族を見てから天井を見上げた。

「どうして電気、ちゃんと点けないの？　暗いよ」

「え？」

全員、天井の照明を見上げる。

「ちゃんと点いてるよ？」

夏摘が言った。

「うそ、薄暗いじゃない。ちゃんと点けて」

「点いてるわよ、千秋」

千秋は目をパチパチさせ、自分の手を目の前にかざした。

「うそよ、暗いわ。こんなに暗いのに……」

千秋の顔が恐怖に歪《ゆが》む。

「わたし、目がおかしくなったの……？　みんなの顔も暗くて見えない」

「千秋——」

「どうしよう！　目が見えなくなったら……どうしよう、どうすればいいの……っ」

「千秋、落ち着いて。とにかく休みなさい。明日、病院に行こう」

「いやっ！」

千秋は顔を覆った。

「もう眠りたくない！　こんな怖い夢、見たくないの！」

「姉さん……」

千秋は激しく泣き出した。母親が背中を撫で、父親は天井を仰ぐ。夏摘は姉を落ち着かせるため、キッチンから水を持ってこようと部屋を出た。

廊下も階段も照明が点いていなかった。両親は急いだあまり明かりも点けずに駆け上がってきたらしい。

夏摘は暗いまま階段を降りたが、途中で立ちすくんでしまった。不意に姉が毎晩見るという怖い夢の話を思い出してしまったからだ。

階段の下になにかいる。玄関のドアを開けてなにかがくる。

なにか、としか姉は言わない。どんなものなのか、説明できないのだと。

それは黒くて……大きくて……這ってきて……。

「……っ」

夏摘は首を振った。夢だ。それはただの夢なのだ。今わたしは起きてるじゃない。電気を点けなかったことを後悔しながら夏摘は階段をゆっくりと降りた。手すりに摑まって一段一段。最後の段を降りたとき、思わず長い息が漏れた。

顔をあげると目の前には玄関のドア。ちゃんと鍵は閉まっている。

――か、ちゃ。

ドアレバーが一度さがった。

(え?)

かちゃ、……カチャ。

誰かが外からドアを開けようとしている。

内側のロックがゆっくりと回る。

(うそ……っ)

ドアが。

開く。

(だめよ、だめ。ドアを開けたら――)

黒く、怖いものが、　外から

「きゃあっ、あっ!」

ドドンッと音がして、尻に強い痛みが走った。夏摘は自分が階段の一番下で尻もちをついていることに気づいた。

「夏摘!?　どうしたの！」

階上で母親たちが顔を出して叫ぶ。ずきずきと尻と背中が痛む。

（落ちた？　階段は降りきっていたはずなのに？）

階段の途中で――夢を見た？　眠ってしまった？

夏摘は玄関を見た。ドアは閉まり、ロックはかかっている。

（姉さんの……夢？）

一

且野夏摘と姉の千秋は吉祥寺駅から一五分のメゾン・ド・ジゾーというアパートに来ていた。夏摘の大学の友人、森田琴葉《もりたことは》を訪ねてきたのだ。

夏摘と琴葉は同じ学部の講義で席が隣り合ったときから気があい、たった一ヶ月で友人になった。その琴葉がネットで話題になった幽霊の動画の話をしてくれた。

彼女は動画に映っていた幽霊が、自分の祖母の若い頃に似ていたのが気になったのだという。

その不安を自分の住むアパートの大家に雑談がてら話すと、すぐに動画の人物について調べてくれたらしい。

「大家さんは不動産屋さんもやっているから、そういう——幽霊とか？　そんな方面に詳しい人と知り合いみたいなの」

夏摘は姉のことをその大家に相談してみたい、と琴葉に頼んだ。

最初のうちは、姉の状態はきっとマリッジブルーというやつなのだろうと思っていた。結婚前の不安定な気持ちがそんな怖い夢を見させているのだろうと。けれど何度も何度も姉からその怖い夢の内容を聞かされているうちに、自分も夜の玄関が怖くなった。

そしてとうとう昨日、夏摘自身が恐ろしい体験をした。いや、はっきりとはわからない。

今でもあれは夢だったのか、自分の想像だったのか、判断ができない。階段を降りている途中で寝てしまうなどあり得ない。

だが自分自身が階段を落ちるほどの恐怖を想像で生み出せるだろうか？

夢だとしたら——一日たってもこんなに鮮明に恐怖を覚えているだろうか？

朝になっても姉の目は治らず「暗い暗い」と泣いている。なんとかしなければ、と夏摘は思った。姉の状態は精神的なものでも肉体的な病でもない。なにかきっともっと怖いものが原因だ。

五つ年上の姉は幼い頃からよく面倒を見てくれた。幼稚園のときは友達と遊ぶより、小学校から帰る姉を待ち焦がれ、遊んでもらった。

姉が中学に入り部活にいそしむようになってからはそんなに遊んでもらえなくなったが、学校での話を誰よりも聞いてくれたのも姉だった。

小学校四年生になったとき、いじめにあった。すると、当時中三だった姉は、いじめの中心人物の男子の家に怒鳴り込んでくれた。いじめていた相手の親は、いじめの証拠をだせと言ったが、姉は「うちの妹がそう言っているんだから本当だ」と言い張った。

夏摘の姉ちゃんは不良だ、という噂《うわさ》もたったが、夏摘や友達の女子たちからは絶大な信頼を受けた。夏摘にとって姉はヒーローだったのだ。

その姉が苦しんでいるなら、今度は自分が助ける番だ。

誰かに冷静に話を聞いてもらいたい、という気持ちもあって、琴葉に相談してみると、すぐに大家さんに連絡をとってくれた。

「大家さんがぜひお姉さんも連れてきなさいって」

琴葉からそう言われて正直夏摘は迷った。姉の話を勝手にしてしまったことを怒られるかもしれないと思ったのだ。

しかし、千秋は逆に乗り気になった。病院で目を診《み》てもらってもなんの異常もなく、心療内科を勧められた。そこで心療内科にいくつか電話をしてみたが、どこも予約でいっぱいですぐに受診できるところはなく、不安だけが募っていたのだ。

目の前は暗いままだし、怖い夢はやはり見るし、千秋はほとほとまいっていた。藁《わら》にもすがる、というのはこんなことだと、逆に夏摘に頼み込んだ。

それで今日、夏摘は姉を連れ、琴葉のアパートへやってきた。

緊張した顔の夏摘と千秋に、琴葉は「大丈夫、大家さん優しいから」と励ました。

一階の端の部屋のドアをノックすると、すらりとした美人がドアを開けてくれた。

長い髪に砂色の紬、優しい顔立ちの大家は女性的にも見えた。

「いらっしゃい、どうぞ」

声は低く、しかし柔らかく、心を落ち着かせてくれる。

琴葉の方は、「他人がいると話しづらいこともあるでしょう」と席を外してくれた。

友人の気づかいに感謝しながら、夏摘と千秋は部屋にあがった。

「大家の地蔵です。お話をお伺いしましょう」

通された部屋には驚いたことにまだ炬燵《こたつ》が出してあった。

「すみませんねえ、なかなか片づけられなくて」

地蔵は照れ臭そうに笑って座布団を勧めた。笑顔を見て、ようやく緊張がほぐれる。

炬燵の向こうに若い男が座っていた。不機嫌そうな顔をしてあぐらをかいている。

その隣には、前髪をカチューシャで持ち上げたイケメンがにこにこと正座していた。

六畳の部屋は五人も入るといっぱいになってしまった。

「こちらはうちの店子《たなこ》の大央炎真さんと小野篁さんです。いろいろとその手のことに詳しい方ですよ」

「こんにちは、小野です」

イケメンが愛想よく挨拶した。もう一人は黙っているが、そちらが大央炎真というのだろう。

「じゃあ、お話をお聞かせくださいな」

地蔵は湯気の立つ湯飲みを姉妹の前に置いた。

「なるほど。そんな怖い夢を毎晩ご覧になると」

千秋から話を聞いた地蔵は同情めいた顔をした。

「今も視界は暗いままなんでござんすね？」

千秋はうなずいた。地蔵たちが姉の言っていることを一度も否定しないことが、夏摘には嬉しかった。

「ずっと薄暗い部屋の中にいるような感じなんです」

「夢の内容が途中で変わるのが気になります」

篁がこたつ板の上に肘をつき、身を乗り出した。

「いつも途中までは自宅なのに、戸を開けるときは玄関ではなくて知らない家の土間になるんですね？」

「そうなんです……両親の実家にもそんな場所はなくて。まるで時代劇のセットみたいで」

「住んでらっしゃるおうちはお父さまが建てられた？」

「はい。それ以前は畑だったそうです。分譲された場所なんで、似たような家があと三軒建ってます」

ねえ？　と姉妹は顔を見合わせうなずきあう。

「じゃあ、おうちに過去の問題はないわけですね」

「その夢だが」

今まで黙って話を聞いていた炎真がぼそりと言った。

「いつから見てるんだ？」

「……いつからかしら。ずっと見てるような気もするけど」

「姉さんが夜中に大声を出すようになったのはここ最近だけど」

夏摘が思い出しながら言う。夜中にしばしば起こされるので、最近は彼女の部屋で床に布団を敷いて一緒に寝ている。

「怖い夢を見たって最初に言ったのはけっこう前よね」

「なにかきっかけがあったと思うがな」

炎真は言いながら湯飲みを地蔵に差し出した。すぐに急須からお茶が注がれる。なんだかえらそうな人だなあと夏摘は自分と同じ歳くらいの青年を見つめた。

「きっかけ……ですか」

千秋は思い出そうとするように首をかしげた。

「ええ、なにか思い当たりませんか？　変な人と会ったとか、なにか拾ったとか買ったとか」

言葉の足りない炎真をフォローするつもりか、篁は指折り数えて例をあげる。

「買い物はしょっちゅうしてますけど、とくにおかしなものを買った覚えは……」

「どこかへ行ったとか？」

篁の言葉に千秋は目をまたたかせた。

「一ヶ月前に……旅行に行きました」

「旅行、ですか？　どこに行かれました？」

「I県の……古い街道がそのまま観光地になっているようなところです。昔のお店や宿が残っていて、今も利用できるようになってて」

「あ、姉さんがわたしに刺し子の眼鏡ケースを買ってきてくれたとこ？」

夏摘も思い出した。眼鏡ケースが壊れていたことを姉が覚えていてくれたのが嬉しかった。

「そうそう。前の職場の子たちと行って――そういえば、わたし、そこで気分が悪くなって倒れてしまったことがあるんです」

「そんな話、聞いてないよ？」

夏摘が責めるように言うと、千秋は肩をすくめた。

「すぐに気がついたからたいしたことないと思って話さなかったのよ」

「どこで倒れた？」

炎真の言葉に千秋は思い出そうと額に手を当てた。

「古いお店の中で……張り子の人形とか紙風船とか紙製品を扱ってるところで、その土間みたいな場所で……」

千秋の顔がこわばったことに、夏摘は気づいた。炎真が目を細め、その様子を窺っている。

「土間……そうだわ、あの土間だわ、夢で見るの。あの土間はあったのよ！」

「そ、そこ、詳しい場所とかわかりませんか？」

篁が膝立ちになる。夏摘は夢と現実が結びついた瞬間を見た。

「ちょっと待ってください、たしかスマホで検索できます」

千秋は急いでスマホを出してタップした。視界が悪いのだろう、何度もまばたきをして画面に目を近づける。

「ここです」

画面に表示された場所を篁はメモした。

「店の名前は覚えていますか？」

「写真を撮りました」

画像データを取り出して見せる。篁はそこもメモした。

「電話してみます」

篁がすぐに電話してわかったことは、その街道の店はだいたいが元々あった店を改装して使っているが、何軒かは古民家を移築してきたということ。千秋が倒れた店は移築組で、元々は別の宿場街に建っていたものだという。

「その宿場街や町の歴史に詳しい人を紹介してもらえましたので、あとで調べてみます」

「そのお店がわたしとなにか関係しているんでしょうか？」

ようやく夢の手がかりらしいものを得て、千秋は少し元気になったようだ。勢い込んで聞く彼女とは対照的に、炎真はだらしなくこたつ板の上で頬杖をつく。

「他に手がかりもないしな。おまえがそこでなにかを拾ってきたのかもしれん」

「わたし、なにも拾ってませんし、第一拾ったって黙って持ち帰ったりしません」

千秋はむっとした口調で言ったが、炎真はそんな彼女の感情に頓着せず、冷静に伝えた。

「物理的に拾ってことじゃねえよ。むこうが勝手にくっついてきたってことだ」

「くっついて……って、なにが」

「……」

炎真はちらと目をあげ、千秋の背後を見た。

千秋はびくっと肩ごしに振り返る。まるですぐ後ろに何かがいるような怯えた顔をして。夏摘も思わず千秋の背後を見てしまった。だがなにがあるわけでもない。

「お、驚かさないでください！」

「まあ、そういうもんだよ」

「はっきり言ってくださいよ！」

姉は苛立ちをあらわにした。元々は気の強い方なのだ。

「こっちにもはっきりとは判らないんだ。肩にしがみついているとかならともかく」

千秋はいやそうに自分の肩を払った。

「どうすればいいんですか。姉は来月結婚するんです」

「月が替わるのはもうじきだな」

炎真は壁にかかっているカレンダーを見て答えた。

「さっき聞いた店のことを調べておくから、それまで少し待て」

「でも夢が……」

「夢が怖くて眠らないとからだが弱る。からだが弱れば精神も弱ってますますつけ込まれる。だからとりあえず寝ろ」

だが、千秋は不安そうな顔をしてうつむくだけだ。眠ると思うだけで恐怖にからだがこわばるのだろう。姉はこんなに怖がりな人間ではなかったのに、と夏摘は可哀そうになった。

「地蔵が用意していたものがある」

炎真が言うと、地蔵が立ち上がり、茶簞笥《ちゃだんす》の引き出しから折り紙くらいの一枚の紙を取り出した。

「怖い夢を見る、というお話を聞いていたので、こんなものでも気休めになるかと思いましてね」

白紙に墨で動物らしいものの絵が描かれている。長めの鼻に大きな牙、小さな耳。ちょっと見た目には鼻の短い象か、ぶかっこうなイノシシのようだ。

「これはバクです。悪夢を食べると言われている伝説の方の。枕の下にでも敷いておいておくんなさい」

「あ、ありがとうございます」

千秋はその紙を押しいただくようにして頭をさげた。

「あくまでも気休めで、これがあなたを守るわけではないんですが」

「でも、なぜかこの絵ははっきり見えます。他は暗くてぼんやりしているのに」

千秋はまじまじと絵に見入る。夏摘もそれを覗き込んだ。上目づかいでこちらを見ているバクの絵はユーモラスでかわいらしい。

「そうですか。それはようござんした」

「その絵は地蔵さま……地蔵さんが描かれたものですからね、御利益がありますよ」

篁が商品を勧める店員のような笑顔で言う。

千秋はその紙をていねいにバッグにしまった。

「わかったことがあれば電話する」

炎真がそう言ったので、夏摘は引き上げる頃合いを知った。二人は何度も「お願いします」と頭をさげ、地蔵のアパートをあとにした。

「どう思います？」

地蔵が急須の蓋をとり、中の茶葉を茶こぼしと呼ばれる器の中に捨てた。

「なんか憑《つ》いてるのは確かだな。邪悪な感じはしないが」

炎真の言葉に篁もうなずく。

「僕もそう思いました。気配だけですが……、とても悲しい、怖い、そんな気持ちです」

「夢に見るだけじゃなく、姉は目が見えねえ、妹まで影響されてるっていうなら、力が増しているのかもしれねえ。そいつが無自覚でも現世にそれだけ影響を与えているなら幽霊としても重罪だな」

「とりあえず先ほどの店の話を聞いてみます。なにか手がかりがあるかもしれません」

篁は立ち上がった。

「電話じゃなくて直接行くのか？」

「はい、住所も聞きましたし。東京からは遠いので、一度地獄へ戻ってその場所に出ます」

篁は地蔵の部屋の壁に手をついた。円を描くようにそこを撫でると、撫でた部分が黒ずんでゆく。黒い部分はすぐに大きくなり、やがてぽかりと穴が開いた。

「では、いってきます」

篁が黒い穴の中にからだを入れると、穴はあっと言う間に縮んで消えてしまう。あとは元通りの砂壁だ。

炎真は地蔵を振り向いて、「あのな」と頬杖をつく。

「わかってると思うが、俺はこっちに幽霊退治に来てるんじゃねえんだ。休暇に来てるんだよ」

「でもうちの店子の紹介でござんすし……結婚間近の方が困ってらしてかわいそうじゃないですか」

地蔵は新しい茶葉を急須に入れ、ゆっくりとお湯を注いだ。

「俺はできるなら一日テレビを観てごろごろしてたいんだよ。ハニードーナツでも食いながらな」

「日本橋髙島屋で買ってきた高級クッキー」

地蔵はどこから出したのか、オレンジ色の四角い缶をこたつ板の上に置いた。

「とらやの限定羊羹」

「……」

細長い箱をその上に置く。炎真は黒地に金色の虎が走っている包装を見つめた。

「物産展で手に入れた一六《いちろく》タルト」

お菓子が積み上げられてゆくのを炎真は見つめている。険しい顔つきが温められたチョコレートのように溶けていった。

「おまえ、俺を働かせる方法をよくわかっているじゃないか。だけどあとひとつ、足りないな」

「わかっておりますよ」

地蔵は一六タルトの上にぽんとシュークリームを載せた。

「コンビニの季節限定商品、いちごとチョコのマーブルシュークリーム練乳がけ」

炎真はがばっと両腕でお菓子の山を抱え込んだ。

「お主はほんとにワルよのお」

「独り占めしないで篁さんや司録、司命にもあげてくださいよ？」

二

炎真から連絡があったのは、アパートへ行ってから二日後だった。

姉は昨日も怖い夢を見たが、戸を開けるまえに起きることができたという。

「戸を開けようとしたとき一生懸命バクのことを考えたの、そうしたら目を覚ますことができたのよ！」

そのあともう一度寝たが夢は見なかったと、朝になって興奮して話してくれた。

「夢の中で考えることができるの？」と夏摘は笑ったが、千秋はバクの絵をクリアファイルに入れ、「バクさま」と呼んで手をあわせた。

そんなとき、夏摘の携帯が鳴ったのだ。

「おまえの姉が倒れた店のことがわかった」

炎真は挨拶もなしに切り出した。

「あの店は移築する前、昭和の初めまで薬を扱う店だったんだ。創業は天保《てんぽう》の頃、江戸時代だな。奥は何度か手を入れたようだが、土間を含めて店先部分はそのまま使っていたようだ」

夏摘は不安な予感にかられて黙って耳を傾けた。

「明治の終わり頃、一度店は途絶えた。しばらくして親戚が移り住んで店を再開したが、妙な噂がついてまわったらしい」

「妙な噂？」

炎真は一息置いて言った。

「花嫁が死ぬ」

「え……」

「あの店で暮らした家族は三代続いたが、娘たちはみんな早死にしたらしい。最後の家族にも娘がいたが、結婚を前に首を吊り、家族は引っ越した」

首を、と夏摘は声もなく呟いた。

「町の歴史を調べていた自称民俗学者が、いろいろ教えてくれた。自死したのは精神を病んだのが原因だそうだ。幽霊を見る、と生前周りに訴えていたとか」

「幽霊、ですか」

「幽霊が戸を開けて入ってくる、と言っていたらしい」

ごくり、と自分ののどがつばを飲み込む音が大きく聞こえた。

「その幽霊というのは明治の頃、一度つぶれたときの店の娘だとも。そもそもその店が無くなったのは、そこの家族が全員死んだからだと言う」

「全員……」

「そうだ。父親、母親、娘とその妹……」

それはまるでうちと同じ家族構成だ。夏摘はぎゅっと目を閉じ、息を吸い込んだ。

「なんで？ どうしてみんな死んだんですか？」

「殺されたんだ」

「こ、」

さあっと水をかぶったように、全身が冷たくなった気がした。

「店に強盗《おしこみ》が入った。それで全員殺された。娘は翌日祝言だったらしい」

夏摘は自分の呼吸が速くなっていることに気づいた。息苦しいのだ。まるで口に手を当てられているように。

「そんな曰く付きの家だったから放置されていたんだが、最近の古民家再生とやらで、その観光用の街道に昔ながらの店先部分だけを移築した。町の人間はほっとしてたんだとよ、お化け屋敷と呼ばれてたそうだからな」

「まさか、その殺された一家の、た、祟《たた》り、とかじゃないですよね」

夏摘は咳《せ》き込むようにして聞いた。祟り、などという単語を自分が使うとは思ってもみなかった。

「祟りというほど強い恨みは感じないが、なにかは残っていたと思う」

否定してほしかったのに、だめ押しされた。

「なにかって……なんですか？」

「さあな。こっちでその一家の記録を出してみたが、娘は彼岸へ来ていなかったようでわからない」

炎真の言っている意味はよくわからなかった。

「でもどうして!? どうして姉さんが?」

「波長があったんだろう。もうじき結婚する女、そして妹もいる。状況が似ていたからな」

そんなことで。夏摘はスマホを握りしめた。姉は運が悪かったとしか言いようがないではないか。

「どうすればいいんですか! 姉はもうじき結婚するんですよ! 花嫁が死ぬって……姉さんが死んでしまうってことですか!」

「結婚式はまだ先だな……」

「え、ええ」

炎真は少しの間黙った。なにか考えているのかと、夏摘はスマホを耳に押し当てる。

「よし、逆におびき出そう」

「え?」

「結婚式に向けてそいつは力を増している。だから式を早めるんだ。なに、本当の式じゃなくていい。だが本物らしくみせるために、花嫁衣装を用意して、予定していた客たちに招待状を出せ。全員でなくていい。話のわかる親戚友人にだ。厄落としだとかなんとか言えばいいだろう」

「は、はい」

炎真の口調は命令調だったが夏摘は気にならなかった。その言葉に従うのが当然のような気がする。

「相手の男にも話してその式当日に迎えにきてもらうようにしろ。花婿の扮装《ふんそう》でな。なに、予行演習だと言っておけ」

「わかりました」

「おまえが姉や親を説得できるかにかかっている、どうだ？　やるか」

一拍置いて夏摘は答えた。

「やります！」

スマホの向こうで炎真が笑った気配があった。

「よし、じゃあ式は明後日にしよう。すぐに動け」

「はい！」


夏摘の言葉は家族を驚かせた。とくに形式にうるさい父親は反対した。

「仮の結婚式をあげるってなんだ。その男は信用できるのか？　霊感商法というやつじゃないのか？」

「お父さんは姉さんがノイローゼになってもいいの？　現に今だってちゃんと眠れていないのに！」

「本当の式もあげないのにウエディングドレスを借りられないわよ」

母親は現実的な心配をする。

「別の衣装でいいわよ、その日だけレンタルすればいいんだから」

千秋は黙ったままだった。

「姉さん、馬鹿馬鹿しいかもしれないけど、姉さんがその店で倒れたのはそこで死んだ人たちの無念の思いのせいかもしれないの。わたしは姉さんから話を聞いているだけだけど、そう思う。夢を見ている姉さんはどうなの？」

「わたしは……」

千秋は顔をあげ、父親と母親、そして妹を見た。

「夢の中でお父さんもお母さんも夏摘も死んでしまうの。わたし、それに耐えられない。みんな死んでほしくない。こんな夢は見たくない。夏摘がこれだけ言うんだもの、わたしは夏摘が信じる炎真さんを信じるわ」

千秋はきっぱりと言った。子供のときと同じだった。優等生の男子が夏摘をいじめている。教師も信じてくれなかったが、千秋だけは信じた。信じて相手の家に乗り込んでくれた。そして今も。

「姉さん、わたし絶対に姉さんを守ってみせる」

三

前日は招待状の手配と親戚たちへの連絡、ドレスのレンタルなどでバタバタと過ぎた。そしていよいよ明日は仮の結婚式というとき、炎真から電話があった。千秋がスマホを耳に押しつける。

「今日も必ずバクを枕の下に入れて寝ろ」

炎真は念を押した。

「はい、それはもちろん……」

「明日祝言だという設定を作ったから、夢が一番力を持つのは今夜だ。今夜その夢と話をつける」

炎真の言葉に千秋はとまどった声をあげた。

「夢と話をつけるって……どうやって?」

「それは企業秘密だ」

炎真はそう言って小さく笑った。

「とにかく夢を見たら、決して戸を開けてはいけない。からだが言うことをきかなくても、がんばって念じ続けろ」

「わかりました……」

そう言いながら千秋は自信なさげだ。

「あの、わたしは手伝えることありませんか？」

夏摘はスマホを姉から奪って言った。

「絶対に姉さんを守りたいんです！」

「そうだな……」

炎真の声が遠くなった。ややあって、

「……寝るとき、姉貴のそばにいろ。手を握ってやるのもいいだろう。あと、万が一のことが起きたら、俺の名を呼べ」

「万が一って……なにが起きるんですか」

「姉貴が戸を開けちまったときだ」

「夢の中ですよ？」

炎真が笑う。なんだかからかわれたような気がして、夏摘は頰を膨らませた。

夏摘と千秋は部屋に飾ったウエディングドレスを見上げた。レンタルショップから借りたドレスだ。

「やっぱり本物のドレスの方が素敵だよね。これ、かなりチープじゃない？」

「今日借りられる中じゃましな方だったのよ」

姉妹は顔を見合わせくすくす笑った。

「やっぱり馬鹿馬鹿しいって思ってるでしょ、姉さん」

「こちらこそよ。わたしの夢につきあわせて悪いって思ってるわ」

「目はまだ治らない？」

「うん……」

千秋はウエディングドレスの裾を両手で持ち上げた。

「このドレスも灰色に見える……。このまま結婚してもいいのかな」

「まさか。啓樹さんは結婚やめるなんて言ってないでしょう？」

「そうだけど……」

千秋はドレスの裾に頬を押し当てた。

「不安なのよ。今までは家族がわたしを守っていてくれたのに、これから彼と二人だけの世界になるんだって思ったら……ほんとにちゃんとやっていけるのか……」

「姉さん……」

「結婚したら、もうお父さんやお母さんの子供じゃないの。それってすごく怖い……」

「なに言ってんの。お父さんやお母さんはずっと姉さんの親じゃない」

「そうだけど……意識が違うのよ。なんだろこれ」

千秋は夏摘に腕を伸ばすと、ぎゅっとそのからだを抱きしめた。

「……きっと淋《さび》しいのよ」

「姉さん」

夏摘も姉を抱き返した。

「わたしだって淋しいよ。姉さんがいなくなってしまうなんて」

「……ごめんね、なっちゃん」

「姉さん、ほんとは、ほんとはね」

いっちゃいやだ、結婚なんかしないで、ずっと一緒にいて。

夏摘はその言葉を必死に押しとどめた。それは言ってはいけない言葉だ。姉の幸せは、新しい世界にある。

「……姉さんは姉さんだよ。わたしの姉さん。お母さんとお父さんの子供だよ。ずっとずっとそうだよ」

頬を涙が伝う。大学生にもなって、子供のように姉にすがりついて泣いている。情けないけど、それを許してくれるのが姉なのだ。

「なっちゃん……」

千秋の手は変わらず温かい。小学生の時、泣いていた自分を慰めて頭を撫でてくれたときと同じように。

「姉さんはわたしが守るよ……怖い夢なんかに負けないよ！」

夏摘は姉と、自分に言い聞かせるように、強く言った。

四

その夜、夏摘はなかなか寝付けなかった。姉も同じようで、何度も寝返りを打っている。

二人は一緒にベッドに入り、手を握りあっていた。シングルのベッドは大人が二人入るとさすがに狭く、それも寝付けない一因だった。

カチコチと時計の進む音が耳につく。鼻でする自分の呼吸音が耳障りだ。

夏摘はときどき頭を起こしてスマホで時間を確かめた。

十二時を回り、一時……二時……。

夏摘はのどの渇きを覚え、からだをおこした。姉の呼吸は静かだった。眠っているのだろう。

もしかしたら今日は夢を見ないのかもしれないと思うくらい、穏やかな寝息だ。

少しだけほっとして、夏摘はベッドから降りた。

廊下に出て照明を点ける。姉の話のせいで、夏摘も暗い廊下は恐ろしい。

階段の上に立ち、真っ暗な階下を見た。

大丈夫。なにもいやしない。

電気を点ければ、ほら、ただの階段だ。

夏摘は階段を降りた。玄関が見えてきた。なにがあっても戸は開けない。開けてはいけない。

足が床についたとき、コツコツッと外から誰かがドアを叩いた。夏摘は「ひっ」と息を呑《の》んで、階段の手すりを摑む。

コツコツッ――コンコン――とんとん――

音が少しずつ変わってゆく。それにともない、ドアの様子が変わっていった。それは見慣れた玄関の金属のドアではない。木製の、小さな、腰を屈めて出入りするくぐり戸だ。

夏摘は自分が冷たい土間にいることに気づいた。

夢だ。

これは夢だ。

自分が——姉が——見ている夢だと夏摘にはわかった。だってその証拠に自分の目が自分のからだを離れ、宙に浮いて下を見下ろしているじゃないか。

戸の前にいるのは薄い浴衣のような着物を着た見知らぬ娘だ。娘は不安そうな顔で戸を見つめている。

「だれ？」

娘は戸を叩いている相手に言った。

「どなたですか」

「明日は祝言じゃろう？　——ちゃん」

戸の向こうで誰かが言った。

「わしらは祝いにやってきた親戚じゃ」

「こんな夜更けにですか？」

「そうじゃ。ずいぶん遠くから来たんじゃ。この戸を開けておくれ」

だめよ！

夏摘は天井から叫んだ。

絶対にだめ！　こんな夜中に祝いに来る親戚なんていやしないわ！

「いったいどちらの親戚の方ですか」

娘は気丈に言い返した。

「わしらはほら、南の方の」

「南の、どちらですか」

「わしらはほれ、北の方の」

「北の、どちらですか」

「みぃーなぁーみーのほう――の――」

不意に風の唸りのように声が震え、木戸がガタガタと音を立てる。

「帰ってください！」

「きぃ――たぁ――の――ほぉ――のぉ――」

いくつもの声が重なりドォッと木戸になにかがぶつかる音がした。娘は――夏摘も耳を覆ってしゃがみこんだ。

「帰って！　出てって！」

絶対開けない！　開けちゃだめ！

やがて呻き声も風の音も小さくなり、消えていった。娘と夏摘は大きく息をつく。

と。

　とん……とん……。

　今度は優しく小さく戸を叩く音がした。

「……――ちゃん、――ちゃん」

「だれっ!?」

　娘は立ち上がり、あとずさった。

「おいらだよ……開けておくれ」

「清太郎《せいたろう》さん……？」

　娘は男の名前を呼んだ。それは娘の許嫁《いいなずけ》だ。明日祝言をあげる相手だ。

「そうだよ、おいらだよ」

「どうしたの？　こんな遅くに」

「明日のことを考えたら眠れなくなってね。――ちゃんの顔を一目見られたら安心して眠れるんじゃないかと思って」

「清太郎さん……」

　娘は木戸に近づいた。

「あたしもよ。あたしも明日のことを考えたら眠れなくて」

「明日、――ちゃんはおいらのお嫁になるんだね」

ぽおっと胸が熱くなり、娘は手を胸に当てた。

「そうよ、清太郎さん。明日、あたしはあんたのお嫁になるのよ」

「ちょっとだけ顔を見せておくれよ、――ちゃん。そうしたら帰るから」

「でも……」

だめよ！　夏摘は叫んだ。絶対開けちゃだめって言われたじゃない！

「開けちゃだめだって……」

「だれが？　どこのだれがそんなことを」

「だれって……」

誰が？　夏摘はとまどった。

誰だったかしら。誰がそう言ったんだっけ。

決して戸を開けてはいけない。

あの低く、冷たく聞こえる声で。落ち着いた、諭すような声で。

決して戸を開けてはいけない。

「だれかしら……」

娘は困惑しているようだった。戸の向こうにいるのは愛しい男なのに。明日祝言を挙げる相手なのに。

「ほんのちっとだよ、――ちゃん。ほんの少し、指の先、爪の先ほどでいいから」

「指の先？　それだけでいいの？」

「ああ、そうだ。隙間からおまえの顔を見るだけでいいんだ……」

「それなら……」

娘はうなずいて木戸を押さえているつっかい棒に手を伸ばした。

だめよ！

夏摘は娘の背中に叫んだ。

だめ、だめ！　開けちゃだめ！

夏摘は手を伸ばして娘の肩を摑もうとしたが、指はむなしく娘のからだを通り抜ける。

娘の指がつっかい棒に触れる。それを握ってそっと持ち上げて――

だめぇえええっ！

その途端、木戸が外から引き開けられ、どおっと黒い風が入ってきた。娘は突き飛ばされて土間に倒れる。

入ってきたのは化け物だった。絶え間なく蠢《うごめ》くこぶのような肉の固まりには硬毛が生え、人の腕のような、蝸牛《かたつむり》の角のようなものが突き出ている。こぶは大きく裂けて口となり、その中にはぞろりと鋭い歯と長い舌が見えた。化け物はいくつもの口でげらげら笑った。

そのからだはあっというまに崩れ落ち、黒い川のような流れになって土間に溢れる。廊下に流れ、障子を倒した。

寝ていた父親が、母親が、幼い妹が飛び起きた。

黒い流れは三人の前で立ち上がり、その腕や触手に骨のように細くて白い刃物を閃かせた。

「やめてぇ！」

娘は叫んだ。

やめてぇ！

夏摘も叫んだ。千秋も叫んだ。

だから戸を開けるなと言ったのに！　言ったのは――言ったのは――

万が一のことが起きたら、俺の名を呼べ。

そう言ったのは――

言った、の　は

「――エンマ、さま！」

その瞬間、黒い化け物の胴体を突き破って、炎真が現れた。炎真は奇妙な獣に乗っていた。鼻の短い象のような、牙のあるイノシシのような。いや、あればバクだ。千秋が枕の下に入れていた絵のバクだ。

炎真は振りかかってくる刃を片手で撥《は》ね除《の》け、首を掴んで床に叩きつける。

黒い化け物はばらばらに分かれた。それらは黒い布で顔を覆っていた数人の男たちだ。

「いつまでも後悔の念に巣くってんじゃねえよ！」

炎真は片手で男の首を握りつぶした。倒れている男の頭を蹴り飛ばし、塵《ちり》にする。最後の男は向かってきた刃物を奪って真っ二つに叩ききった。

黒い男たちは風に散らされた灰のように消えてしまった。

「……」

娘は土間にへたりこんで炎真を見上げた。

「戸を開けるなと言っただろうが」

「あたし――あたし……」

「祝言の相手だと騙《かた》られて開けてしまったのか」

「あたし……」

娘は廊下に目をやった。

「おとっつあんとおっかさんは……？　妹は？　あたしが戸を開けたばっかりに、みんな死んでしまったの？」

「……いいや、」

炎真は静かな声で言い、娘のすぐ前までくるとしゃがんで手を差し出した。

「おまえは夢を見ていたんだ。外から怖いものが来て、家族とおまえを殺してしまうっていう夢を」

「夢？　これが夢？」

炎真は娘を立ち上がらせた。

「そうだ、夢だ。だからおまえは寝るといい。そうしたら明日は祝言だ。眠って起きたら祝言だ。愛しい男の嫁になるんだ」

「あたしは――あたしは清太郎さんのお嫁になれるの？　明日、祝言を挙げられるの？」

「ああ、そうだ。おまえは花嫁になる。ほら」

炎真はそう言って木戸を開けた。眩しい光が娘の目をくらませる。

「ああ……」

そこは華やかな祝言の座敷だ。たくさんの並んだお膳には料理が、座布団の上には親類縁者が。両親も妹もいる。そして金屏風の前に座っているのは夫になる男だ。

雄蝶《おちょう》と雌蝶《めちょう》も三三九度の酒を入れた提子《ひさげ》を持って待っている。

みんなが娘に向かって手を振っていた。

「嬉しい……本当に祝言の席なんだわ」

夏摘は娘の後ろに立っていた。横に千秋もいる。姉妹は手を繋いでいた。

「おめでとう」

千秋が言った。娘は千秋と夏摘を振り向いてにっこり笑った。

「ありがとう」

「お幸せにね」

「ええ、あなたも」

娘は木戸から足を踏み出した。いつのまにか白っぽい浴衣は黒縮緬紋付裾文様《くろちりめんもんつきすそもんよう》の振袖に変わり、頭には白い角隠し。足袋《たび》は白絹《しらぎぬ》、帯は金襴緞子《きんらんどんす》、裾からは白羽二重《しろはぶたえ》の襦袢が覗く。

娘は顔をあげ、まっすぐに座敷を目指した。金屏風を目指した。拍手があがり、やんやと喝采があがり、高砂や〜と誰かが歌った。金屏風の金色が眩しい。眩しすぎて、夏摘は目を閉じてしまった。

目を開けるとベッドの中だった。横を向くと、千秋も目をあけて夏摘を見つめている。

「姉さん……」

「……夢を見たわ」

「わたしも見たわ……花嫁さんの夢」

「ええ……夏摘もいたわね。わたしたち、きっと同じ夢を見たのよ」

姉妹は一緒にからだを起こした。手はまだ繋いでいて、あまりに固く握りあっていたので指がこわばって外れないほどだった。

「あの人が……ずっと見ていた夢だったのよ」

千秋が指を曲げたり伸ばしたりしながら言った。

「戸を開けて怖いものが来る夢？」

「ええ。あの人、自分が戸を開けてしまったから、強盗に家族も自分も殺されてしまって……それでずっとずっと後悔してたの。苦しんで悲しくて悔しくて……ずっと、ずっと……」

「花嫁になりたかったのにね」

夏摘の目の奥が熱くなる。祝言を前に殺されて、どんなに無念だったことだろう。

「その後悔があの店先に残っていたのね。そして繰り返し繰り返しあの夜を夢に見たのよ。でももう大丈夫」

千秋は晴れやかな顔で言った。

「あの人はもう怖い夢を見ない。もう殺されない。あの人はお嫁にいったから」

「うん……」

ふと、夏摘はあの娘の名前も知らないことに気づいた。夢の中であんなに呼ばれていたのに、名前は聞こえなかったのだ。

名もしらない、昔むかしの女の子……。可哀相な花嫁……。

カーテンの隙間から朝の光が入ってきていた。夏摘はベッドから降りるとカーテンを開けた。

「まぶしい……」

千秋がベッドの上で顔を覆う。

「姉さん、目は？」

「——あれ？」

千秋は自分の両手を見て、それから夏摘を見た。

「見える……」

信じられないような顔をしていた。

「ほんと？」

「ほんとよ！　明るい、明るいわ！　なっちゃんの顔もちゃんと見える！」

夏摘は千秋に飛びついた。

「やったね！　姉さん！」

「うん──うん、」

夏摘の目から涙がこぼれた。千秋も泣いている。二人は抱き合うと声を上げて泣きだした。

終

「夏摘さんからメールが来ましたよ」

篁は炎真にスマホの画面を見せた。炎真はちらっとそれを見たが、興味なさげにイチゴゼリーをスプーンですくった。

「千秋さんはもう怖い夢は見ないそうです。でもバクの絵はお守りにすると」

「そうか」

篁は炎真のために、もうひとつゼリーを取り出し、上を覆っているフィルムをはがす。

「あのバクの絵、悪夢避けだけなのかと思ったら、千秋さんの夢に入るためにも使われたんですね。あんな方法はしりませんでした」

「ああ、バクは夢の中に自在に入れるからな。同じ絵を二枚持っていれば夢の道はつながる」

地蔵はバクの絵を二枚描いていた。一枚は千秋が持ち、もう一枚は炎真が持って互いに枕の下に入れて眠ったのだ。

「あの娘さん、ようやく彼岸に行けましたが、やはり重い罪になるんでしょうか？」

「前にも言ったが、本人にその気はなくても後悔の念が強すぎて現世に影響を与えていたからな。生前が清廉潔白でも、霊としての罪は発生する。まあ俺は生前の罪だけ見るから、そのあとは泰山王《たいざんおう》に任せるさ」

炎真はナタ・デ・ココ入りのパイナップルゼリーをうまそうに舌にのせた。

「繰り返し殺される夢の世界に生きていただけでも相当な罰じゃないでしょうか？」

「まあそうかもな。そのへんは酌量の余地があるだろう。それにしてもこの、なたでここっていいな。なんでこれ、もっと早く普及しなかったんだ？」

「ナタ・デ・ココはフィリピンから来たんですよ。日本で発売されたのは一九七〇年代です。一般的になるにはそれから二〇年もかかったらしいですよ」

急な話の変化にもついていくのは篁ならではだ。

「ふうん。こいつを開発したやつはもれなく天国行きだ」

「エンマさま、冗談でもそんなことを地蔵さまに聞かれたら……」

「地蔵が怖くて、なたでここが食えるか」

そのとたん、ひゅっと音をたてて刃渡り二〇センチはある鉈《なた》が飛んできて、炎真たちの目の前の畳にどすっと突き立った。炎真は驚いてひっくり返り、パイナップルゼリーが飛び散らかる。

「すみませーん、手がすべっちゃいましたー」

地蔵の声が下から聞こえた。

「てめえっ、地蔵！　どうすれば手が滑って鉈が窓から飛び込んでくるんだ！」

炎真は窓から顔を突き出して怒鳴った。

「前庭の樹木の手入れをしておりましてね。鉈のお話をされてたでしょう？」

眼下には桜の木の下に立つ地蔵がゴミ袋を持って立っている。

「なたでここだ！」

「鉈はどこだ、と」

「シャレてる場合か！　死ぬぞ！　当たったら死ぬぞ！」

「地獄の閻魔さまが鉈ごときで死ぬはずございませんよ」

地蔵は平然と答えて微笑む。炎真は鉈を畳から抜くと、地蔵目掛けて投げつけた。

「おっと危ない」

それをあっさり受け止め、くるりと柄を回す。地蔵の背後には司録と司命がいて、木に張りついていた。

「エンマさまー、お天気がいいからお散歩に行きましょーよー」

司録が呼ぶ。

「司命もなたでここ、食べたいですぅ」

司命も声を上げた。

「地蔵に連れてってもらえ！」

「エンマさまがいいですー」

「ねえー？」

地蔵は姉さんかぶりをしていた手拭いを頭から外すと、懐に入れた。

「みなで一緒に近所のファミレスにでも行きませんか？　春の限定デザートをご馳走しますよ」

魅力的な提案に炎真の顔がほころびそうになったが、それを慌ててひきしめた。

「おまえ、また俺を働かせようとしてるだろ！」

「いえいえー、ちょっとご相談したいことがあるだけでござんすよー」

地蔵はあくまでもおっとりした風情で言う。篁が立ち上がっていそいそと出かけようとするのを炎真は止めた。

「おまえ、裏切る気か」

「なにをおっしゃっているんです。地蔵さまがおごってくださるというのに、この機会を逃すと限定デザートがいただけませんよ」

「うう」

　炎真は頭を抱えて畳の上を転げ回る。

「俺は働きたくないと言ってるのに！」

「でもおいしいものは待ってくれませんよ」

「くっそお！」

　炎真は勢いよく立ち上がった。

「デザートは食ってやるが仕事は引き受けないぞ！」

「がんばってください、エンマさま」

　篁は笑いながら炎真にパーカーを渡した。

　窓から見える木々は緑を一日一日と濃くしている。炎真の休暇はもう少し。それまでにおいしいものを食いつくそうと、炎真はアパートを飛び出した。

第四話

えんま様と焼きそば

busy 49 days
of Mr.Enma

序

「焼きそばが食べたいですー」

「お肉の入った焼きそばが食べたいですぅ」

メゾン・ド・ジゾーの一室、炎真と篁の住む部屋で、甲高い声があがった。テレビを観ていた司録と司命が突然騒ぎ出したのだ。画面には鉄板の上でじゅうじゅうと音を立てる焼きそばが映っている。

本来炎真が呼び出さなければ地獄から出てこられない二人が、なぜ今ここにいるかといえば、彼らの大好きな魔法少女アニメの劇場版が、初めて地上波放映されるためだ。もちろん二人はDVDも持っている。しかし、

「地上波放映するときは、特別なコマーシャルも入るんですー」

「キャラクターの声をあてている声優のおねーさんたちの解説もあるんですぅ」

「これ観ないとお仕事しませーん!」

というわけだ。

前から一生懸命お願いされていたので、仕方なく今日は朝からテレビを観せている。その放送が終わった後もなんとなくこうして一緒に部屋でごろごろしていた。

「焼きそばかあ。以前、来たときには喰わなかったなあ」

テレビ画面に目を向けたまま、炎真もあぐらをかいたからだをゆらゆらと揺らす。ソースが絡んだ野菜や麺がおいしそうな色に染まっていた。

「焼きそばくらい地獄でも食べられますよ」

篁は画面をちらっと見ると、今まで見ていた犬の写真集に目を向け、冷たく言った。

「現世のキャベツともやしとたまねぎの入った焼きそばがたべたいですー」

「現世の麺で食べたいですぅ、お肉も入れてくださぁい」

二人は駄々っ子のように――いや、まさに駄々っ子となって、繰り返す。

「まあ確かに野菜はこっちの方がうまいよな……」

「ねー、エンマさま、焼きそばいいですよねー」

「おいしそうですのー」

「うーん……」

画面では鉄板で焼きそばを作った芸人たちがビールで乾杯している。炎真はゴクリと唾を飲んだ。

「よし、焼きそば作るか！」

「ええっ⁉」

篁は驚いて写真集から顔を上げた。

「エンマさまが作られるんですか？」

「ああ、そうだ。こんなの野菜と肉を切って麺と炒めればいいんだろ？　楽勝だ。それに自分で作るとビールがうまいと連中が言っている」

炎真は画面を指さした。今まさに画面の中では芸人たちが「ぷはーっ」とため息をついているところだ。

「ああっ、俺も飲みてえ！」

「おやまあ。ティッシュボックスを取るにも僕を呼ぶエンマさまがご自分でとはお珍しい。明日は雨かな」

「うるさいぞ」

炎真はそばにあったティッシュボックスを篁に放り投げる。

「エンマさま。お野菜切れるのー？」

「フライパン、使えますのー？」

食べたいと言い出した司録と司命が不安そうな顔になっている。まさか炎真が作ると言い出すとは思わなかったらしい。

「司録と司命はー……近所の中華屋さんでもよかったのよー……」

後悔しているせいか二人の声が小さい。

「地蔵さまに作っていただくのではだめなんですか？」

テレビの中でどんどん少なくなってゆく焼きそばを凝視している炎真は、篁の質問に背中で応える。

「今、喰いたいんだ。地蔵の夕飯まで待てないし、今日は魚にすると朝言ってたろ。焼きそばなんか作ってもらえるか」

「そうは言っても」

篁は作りつけの小さなキッチンに目をやった。

「食事は地蔵さまに作ってもらう約束でしたから、うちにはやかんと果物ナイフくらいしかありませんよ」

「そーですー、菜箸もありませーん」

「そもそも油もありませーん」

「ソースもないしー、紅しょうがもないしー」

「冷蔵庫にはビールしか入ってませーん、だめな大人の冷蔵庫でーす」

司録と司命は狭いキッチンを走り回り、戸棚を開けながら報告した。

「足りないものは地蔵から借りる」

炎真はなんでもないことのように言う。司録と司命は篁のそばに駆け戻ると、

「篁さまー、司録と司命は覚悟を決めたのー。エンマさまの焼きそば食べましょうー」

「エンマさまが作るなんてレアなんですのー、逆に楽しみになってきましたのー」

と小さな手で膝を揺すった。

「そうですねえ」

篁はついに写真集を閉じた。

「わかりました。おいしいビールと聞いたら黙っていられませんね。それではみんなでスーパーに材料を買いに行きましょうか」

一

スーパーは三鷹駅前の店に行くことにした。近所にもあるが、どうせなら駅前のまだ行ったことのないスーパーを見たい、と炎真が言ったためだ。二人の住むメゾン・ド・ジゾーは吉祥寺駅から徒歩一五分を謳《うた》っているが、実は三鷹駅の方だと八分で行ける。

　エコバッグ代わりにコンビニのビニール袋を持ち、炎真と篁、それに司録と司命はぶらぶらと出かけた。子供たちは相変わらず袖の長い着物のような服を着ているので、歩いていると道行く人たちに驚かれる。だが、二人が笑ってひらひらと袂を振ると、みんな笑顔を向けてくれた。

「いい季節ですねえ」

　鳥が高い空で鳴いているのを見上げ、篁が深呼吸する。

「そうだな、花粉症もそろそろ落ち着く時期じゃねえのか？」

「エンマさま、花粉症なんて関係ないじゃないですか」

　篁が言うと炎真は唇を尖らせて、

「この時期、現世の人間がそろってマスクしてるじゃねえか。あんまり好きじゃねえんだよ」

「人間たちはエンマさまに見せるためにマスクしてるわけじゃないですよ」

　篁は呆れた顔で答える。

「篁さまー、春の歌、一首詠んでくださーい」

　司録が篁の手を引いてねだる。歩道に沿った塀の中から、花水木が枝を伸ばしていた。薄紅色の四枚の花弁《はなびら》を持つ花がぽつぽつと咲き始めている。

「えー、春の歌あ？」

篁は首をひねる。

「うーん、〝いつの間に　五月来ぬらむ　JRの　踏切の音　今ぞ鳴くなる〟とか」

「それ古今集のパクリですー」

すかさず司録が突っ込む。

「詠み人知らずさんに謝ってくださぁい」

司命はケラケラ笑いながら言った。篁はそんな二人の手をぐいっと持ち上げる。

「本歌取りだよ、本歌取り」

他愛のない話をしながらついたスーパーで、さっそく買い物かごを手にする。まず野菜のコーナーに行ってキャベツを吟味した。

「たしか丸くてぎゅっと身が締まっているのがいいキャベツなんですよ」

「身が締まる？」

「ぎゅうぎゅう？」

司録と司命が指でキャベツの表面を押すのを篁が慌てて止める。

「だめだよ、指で押しちゃ。野菜や果物は傷つきやすいんだからね」

「おまえ、二人のおふくろみたいだな」

炎真が笑うのに篁はきっと睨む。

「そもそもこの二人はエンマさまの記録係なんですから、エンマさまがちゃんと指導してくださらないと」

「俺は休暇中だ」

逃げようとする襟首を掴む。

「財布は僕が握ってますからね。エンマさま、司録と司命の手を繋いでてください」

しぶしぶ子供たちと手を繋いだ炎真を見て、篁は微笑んだ。

「まあパパには見えませんが……」

「が？　が、なんだ」

「怖い姉上にはした金で子守を押し付けられ、会話に困っているニートのようには見えます」

「なんだ、そのピンポイントで細かい設定は」

炎真は司録を右手に司命を左手に繋いで、もやしが山ほど積まれている棚に向かった。

「焼きそばといえばもやしだな——おお、けっこう種類があるな」

「エンマさま、これがいいですー」

司録が取り上げたのは大豆もやしだ。

「司録、残念だがそれは豆が大きいから焼きそばには向かないな」

「エンマさまー、こっちとこっち、同じように見えるのになんで値段が違うのぅ？」

司命がふたつの袋を手にして首を傾げる。

「産地の差じゃないのか?」

「りょくとーもやしとくろまめもやしって書いてありますぅ」

「産地じゃなくて種類だったか。黒豆もやしの方が細いな。こっちにしよう」

篁はといえば玉ねぎの棚で迷っていた。

「袋入りとバラ……とどっちがお得か……? バラの方が大きいけどお高い。袋入りは小玉で単価はお安い……うーん……、袋入りにしておこうかな。余ったら地蔵さまに渡せばいいですよね……」

色とりどりの野菜に子供たちのテンションがどんどん上がってゆく。

「エンマさまー、ピーマン入れますー? ピーマン」

「おう、いいぞ」

「にんじんにんじんー」

「入れちまえ」

子供たちだけではなく炎真のテンションも上がっているらしい。

「ジャガイモ、トマト、ブロッコリー」

どさどさと野菜を入れている三人の背後に篁が怖い顔をして立つ。

「何を作る気です、何を」

二

中央自動車道を一台の軽自動車が走っていた。運転しているのは作業着のようなジャンパーを着た中年の男性で、後部座席には白髪を淡いピンク色に染めた老女と赤いシャツを着た若い男が座っている。

老女は視線を窓の外に向け、呆然とした表情で飛び去る景色を見つめていた。

「おとなしくなったなあ、ばあちゃん」

隣に座っていた若い男が笑いながら言う。

「さっきまであんなに騒いでいたのに。疲れただろう」

老女は振り向きもしない。

「なあ、水飲むか？　お茶もあるぜ」

ペットボトルを差し出すがやはり反応がない。

「おーい、ばあちゃん。大丈夫かあ？」

男がからかうように言うと、ようやく老女は視線を戻した。色の薄い、茶色い瞳で男を見返す。

「わたくしをばあちゃんと呼ぶのはやめてくださいな。わたくしには美禰子《みやこ》という名前があります」

「おっと美禰子ばあちゃんに叱られたぜ」

男がへらへらと笑いながら答える。

「おい、さっきからうるせえぞ」

ハンドルを握っている中年男が、バックミラーで後ろの二人の様子を窺う。

「少しは静かにしていろ」

「あ、わりい、車の中で黙ってるってのが苦手で。せめて音楽でもかけてくれよ」

若い男が言うと、中年男は「しょうがねえな」とぼやきながらもカーラジオをつけた。とたんに賑やかなコマーシャルソングが飛びだす。

若い男は老女に差し出していたペットボトルのミネラルウォーターをあおった。

「……わたくし、もう疲れました」

美禰子はため息まじりに言う。

「おとなしくしておりますから、お願いをひとつ聞いてくださらないかしら」

その言葉に男はボトルのキャップを閉め、うつむき加減の美禰子の顔を覗き込む。

「おう、俺らだって年寄りには親切なんだよ。どうしたんだ」

「ご不浄に行かせてもらえないかしら」

「ゴフジョー？　どこだそれ」

きょとんとした顔で聞いてきた若い男に、美禰子は小さくため息をつきながら答える。

「お手洗いのことですよ」

若い男はのけぞった。

「なんだぁ、便所かよ。だったらそう言えよ。ゴフジョーなんて、どこのスタジアムかと思ったぜ」

美禰子は薄い眉毛を中央に寄せ、困った顔を作った。唇を尖らせるとしわが両頬に深く落ちる。

「年寄りはあまり我慢が利かないんですよ。このままシートに粗相してしまったら、あなた方もお困りになるでしょう？」

男は顔をしかめ、運転席の中年男のシートに顔を乗せた。

「なあなあ、ばあちゃんこんなこと言ってるけど」

「しょうがねえなあ」

中年男は舌打ちする。

「変な真似すんなよ？　勝手に動き回ったりしたら、あとでひどいからな」

「わかっておりますわよ……こんな年寄りになにができると思ってらっしゃるの」

美禰子はもう一度窓の外を見た。

「どこかコンビニとかスーパーとか……そのへんのお店でけっこうです」

「わかった。俺らもなんか飯でも買っていくか」

男はハンドルを切ると、三鷹市内に入っていった。

三

炎真は司録と司命を引き連れ精肉コーナーを覗いた。パックされた肉がずらりと遠くまで並んでいる。さくら色がつやつやと輝く豚肉を吟味する。

「なあ、篁。豚コマと豚バラ、切り落としって部位的には同じなのか？」

炎真はパックを三つ手にして首をひねった。

「豚バラっていうのは豚のからだの下の方……肋骨《ろっこつ》の周囲の肉ですよ。豚コマは豚肉の細切れ。つまりいろんな部位の切れはしです。切り落としは部位がきまってるんです。肩切り落としとか、ロース切り落としとか書いてないですか？」

「ああ、あるわ。……モモ切り落とし」

「まぜて炒めて食べるなら豚コマの方がいろんなお肉が混ざっててていいんじゃないんですか？」

「そうか」

炎真は豚バラと切り落としのパックを元に戻し、豚コマパックを二つ手にした。

「現世の豚はほんっとうまいよなあ。柔らかくて味が濃くて」

「エンマさま、時々現世の肉、取り寄せているでしょう？」

「おお、最近の宅配はすごいよな。ちゃんと地獄宛で届く」

炎真の言葉に司録と司命は目を輝かせた。

「ほんとー？」

「司命も宅配したぁい」

篁は笑って首を振った。

「実際には現世の窓口で受け取り地獄に送っているんですよ。まさか地獄までトラックで来てハンコくださいなんてことはないです」

「なんだー」

「なんだぁ。クロネコのおにーさん、見たかったのにー」

残念そうに言う司命に、司録はとまどった様子を見せた。

「……司命はクロネコのおにーさん、見たいの？」

「うん。テレビで見たー、かっこいいのー」

司命は両手をぱんっとあわせてうっとりした顔をする。司録はむっとした顔で下唇を突き出した。

「あれ、テレビの人だもん、ほんとーはかっこよくないよー」

「うそ、かっこいいもんー」

「かっこよくない！」

むきになる司録に司命は不思議そうな顔をする。

「司録、なに怒ってるのぉ？」

「怒ってないもん」

「怒ってるー」

言い合う二人を篁がくすくす笑いながら見てると、司録が「篁さま、なに笑ってんのー」と顔を赤くして睨んできた。

生麺のコーナーまで来て、再び四人は迷うことになる。

「いっぱいありますー」

「太いのも細いのもあるねえ。ラーメンもうどんもありますぅ」

司録と司命は麺の袋を持ち上げて見せる。

「麺もいろいろな種類があるんだな。塩焼きそばってなんだ？」

「ソースの代わりに塩を使うんですよ」

「おいしいのか？　それ」

「食べたことないからなんとも……でもほら〝大人気〟って書いてありますからおいしいんじゃないですか？　買ってみますか？」

「いや、俺はソース一択だ！」

炎真が紅しょうがを取ってくるというので、篁は子供たちと総菜コーナーを眺めていた。てんぷらの舟盛りやコロッケなどを見ていると、不意にカゴを引っ張られる。

「司録、司命、引っ張ったら危ないよ」

言いながら振り向くと、カゴを引っ張っているのは子供たちではない。髪をパステルピンクに染めた上品そうな老婦人が、篁のカゴを両手で持っている。

「どうなさいましたか、ご婦人」

篁は丁寧に言った。

「たすけて」

老婦人は小さな顔の中の目を大きく見開いて囁いた。

「たすけてちょうだい。わたくし、かどわかされておりますの」

「ええっ？」

「知らない人がわたくしを無理矢理車に乗せて」

「ああっ、ばあちゃん！」

入り口の方から中年の男性と赤いシャツを着た若い男が走ってくる。

「だめだよ、一人で店に入っちゃあ」

男性は老婦人の手を篁のカゴから離させた。

「はなして、はなしてちょうだい！」

老婦人はいやがって身もだえる。若い男性は篁に頭を下げた。

「すみません、うちの祖母、もうボケちゃって……ご迷惑おかけしませんでしたか」

「いえ……」

篁が老婦人を見ると、彼女は顔を真っ赤にして首を振った。

「ボケてなんかいません、お嬢ちゃん、ぼくちゃん、この人知らない人なの、たすけてちょうだい」

呼びかけられた司録と司命は目を丸くして老婦人を見た。

「もう、おかあさん、いい加減にしてください。さ、帰りますよ」

男性は老婦人を抱え込むようにして連れてゆく。店内に彼女の悲鳴が響き渡った。

「たすけて、たすけて！　どなたか警察を呼んでください！」

「おばあちゃん、静かにして……」

スーパーの店内にいる人々はその三人を見送って、口々に「大変ねえ」「うちの母もこないだねえ……」などとささわ言い合っている。篁も同情をこめた視線でその背中を見送った。

「昔は五〇歳を越えて生きる人も少なかったからなあ……」

「でもあのおばあちゃん……そんなふうには見えなかったのー」

　司録が篁を見上げる。

「おばあちゃん、なんだかかわいそうですぅ」

　司命はつま先立って三人の後ろ姿を探す。

「そんなこと言ってもねえ」

　その篁の横を炎真が駆け抜ける。同時に篁の持っていたカゴの中にお菓子やカップ麺がどさどさと投げ込まれた。

「あ、エンマさま……なんです、これ！　紅しょうがを買いに行ったのでは？」

　篁は放り込まれたものに目を三角にした。炎真は短く言葉を投げる。

「会計しとけ。それと警察呼べ」

「は？」

　ぽかんとする篁に、炎真は走りながら背中で答えた。

「あいつら嘘ついてる。誘拐だぞ！」

「ええええっ！」

四

駐車場で、美爾子は最後の抵抗をしていた。車のドアに足を踏ん張って乗せられるまいと頑張っていたのだ。

「だれか、だれかたすけてください！」

その口を中年男が大きな手で塞《ふさ》いだ。

「くそっ、諦めた振りしやがってちゃっかり逃げるとは」

「あんたがトイレなんかに行かせるから」

文句を言う若い男に中年男は目をむいた。

「てめえがちゃんと見張ってないからだろ！」

「とにかく早く乗せて……」

男たちが美爾子を車に押し込んだとき、炎真が追いついた。

「おいっ！　貴様らっ！」

スピードを緩めずまっすぐ車に向かって走る。

「ばあさんを放せ！」

「な、なにを言ってるんだ、俺たちは家族で……」

「地獄の閻魔に嘘が通用すると思っているのか！」

炎真は男たちの目の前でジャンプすると、車のフロントに飛び乗った。ドカンッと酷い音がして、フロントがぺしゃんこになる。

「ああっ！　俺の車……っ！」

中年男が悲鳴を上げた。

「悪党どもが！　今この場で地獄に送ってやってもいいんだぞ」

「ふざけやがって、このガキ！　降りろ！」

炎真は車から飛び降りると、殴りかかってきた男の拳を掌で受けた。顔を近づけ、にやりと笑う。

「楽しみだなあ、おい」

「な、なんだと」

「この先地獄で会えると思うと」

炎真の指が男の拳を握りこむ。ボキ、パキン、と案外と軽い音がそこから響いた。

「ぎゃああっ」

男は血相を変えて手を振りほどこうとしたが、炎真の指は離れない。炎真は腕をひねって男をコンクリートの床に叩きつけた。

「ひええええっ」

若い男が逃げ出した。その男の前に現れたのは司録と司命だ。

「待ちやがれなのー」

「お年寄りをいじめるのは許せないですのー」

長い袂をひらひらさせ、両手を広げる。

「どけっ、ガキ！　邪魔だ！」

男が二人を蹴散らす勢いで突進すると、司録と司命は両手をあげた。

「必殺！　ミラクルメモリープレッシャー！」

りんごーん、と荘厳な鐘の音が駐車場に響く。男はぎょっとして足を止めた。

その頭上にいきなり大量の巻物が現れる。

「うわあああっ！」

まるで土砂崩れのように巻物の束が男を押しつぶす。一本一本は軽くても、数百本もあれば人間の一人くらい動けなくさせるのは簡単だ。

「司録！　司命！」

炎真が駆けつけ地面にぶちまけられた巻物の束を見た。

「おまえら……っ、これ……っ！」

司録と司命はけろりとした顔で炎真を見上げる。

「もう罰が決定した亡者さんたちの記録ですー」

「どうせ使わないし、いいかと思ってぇ」

「片　づ　け　ろ　！」

「はーい」

二人は笑いながら巻物の山に手を差し伸べる。あっという間に山の姿は消え、潰れた蛙《かえる》のような男だけが残った。

炎真は気絶している若い男を変形した車までひきずっていった。車の外には美爾子が立っている。

「よう、ばあさん。無事か」

「はい。助けてくださってありがとうございます」

美爾子は炎真にていねいに頭をさげた。背後にいる司録と司命にも微笑みを向ける。

「さっきのあれ、すごいのねえ。どうやったの？」

「企業秘密でーす」

「必殺技は秘密でぇす」

二人はほめられて嬉しそうだ。

「なんでまたかどわかしなんてされたんだ」

「心当たりはあるのですけれどねえ……」

炎真の言葉に美禰子は頰に指を当てる。

「とにかく警察さんがいらしたらお話しさせていただきますわ」

やがて駐車場にサイレン音を響かせパトカーが数台入ってきた。ドアが開くと、警官たちがバラバラと走り出し、炎真と美禰子を取り囲む。

「えー、大人しく両手をあげなさい」

自分に呼びかけてくる警官に、炎真は顔をしかめた。

「なんだと?」

「君は完全に包囲されています。子供やお年寄りを解放しなさい」

「おい……」

「あらあらあら」

美禰子は警官たちに向かって手を振った。

「いやあねえ、違いますよ。この方たちはわたくしを助けてくださったんですよ」

そのあとも、炎真が身元を証明するものを持っていなかったり、現住所をちゃんと言えなかったりしたので、警官たちは彼を一緒にパトカーに乗せようとした。美禰子がいくら「この人はいい人だ」「助けてくれたのだ」と言っても、詳細を聞く、の一点張りだ。

「俺は裁く側であって裁かれる側じゃねえぞ！」

抵抗すると三人がかりで押し込まれそうになる。司録と司命はその周りで飛び跳ねた。

「エンマさまにそんなことしちゃだめでーす」

「現世の司法とあの世の司法が関わることは禁止されてまぁす」

そこへようやく篁と、そして地蔵が駆けつけてきた。

「エンマさまー」

「おやおや、面倒なことになってますね」

地蔵はこの場の指揮を執っているらしい男のところへ行くと頭をさげた。

「あいすみません。あれはうちの店子でして。身元は私が保証しますので、今日のところは勘弁してもらえませんかね」

「しかしですね……」

地蔵は警官の耳元に自分の顔を近づけ、なにか囁いた。

「……え、署長の……？　はあ……、えっ……長官？」

警官はあわててからだを離すと、さっと敬礼をする。

「も、申し訳ありませんでした。いますぐに……っ」

警官たちから解放された炎真は憮然とした顔で地蔵の側に戻ってきた。

「なにを言ったんだ？　地蔵」

「別にたいしたことではござんせん。私も不動産業が長いので、いろいろなところにコネがあるんでござんすよ」

地蔵はにっこりと石の微笑みを浮かべる。炎真は軽く舌打ちして、首を振った。

「おばーちゃーん、さよならー」

「さようならぁ」

司録と司命がパトカーに向かって袂を振る。美禰子はパトカーの窓からこちらを見て小さく手を振った。

「おや、あのご婦人は……」

地蔵は窓の中の美禰子の姿を見て呟いた。

「なんだ知ってるのか？　地蔵」

「はい……」

パトカーが走り去る。野次馬たちがその後ろ姿に携帯やスマホを掲げていた。

「あの方、八王子《はちおうじ》の方の大地主さんですよ」

終

「たまねぎー、きゃべつー、もやしー」

「おにくー、やきそばー、ジュージューソースー」

司録と司命が歌いながらキッチンに立つ炎真の周りをちょろちょろとつきまとう。

炎真も鼻唄を歌ってフライパンの中身をかきまぜていた。

「エンマさんがなにかしようとすると面倒事が起こりますね」

ちゃぶ台の前に座り、眺めていた地蔵が微笑みながら言う。

「狙っているわけではないんでしょうけどねえ」

篁は皿と箸を用意しながら答えた。

「それにしてもエンマさんの手料理とは、貴重なものでござんすなあ」

「そうですね、今後五六億年後まで無理かもしれません」

「おまえらな、俺を弥勒《みろく》みたいに尻の重いやつと一緒にするなよ」

炎真はちゃぶ台に野菜を山盛りにしたフライパンを持ってきた。

「さあできたぞ。エンマ特製肉野菜ましまし焼きそばだ！」

「わーい」

「わぁい」

司録と司命が中央へ置いたフライパンから麺や野菜を引っ張りだす。炎真は満面の笑みを浮かべてあぐらをかいたが、次の瞬間、その表情が固まった。

「おい……ビールは？」

「あっ！」

ちゃぶ台の上にビールがない！　炎真と篁は顔を見合わせた。

「すっ、すみません！　すっかり忘れていました！」

「おまっ、驚異の記憶力を誇る小野篁がなんでそんなミスを」

「ああーっ！　篁一生の不覚！」

篁は顔を覆って畳につっぷしたが、すぐに立ち上がった。

「買ってきます、すぐに！」

走り出そうとした篁の服の裾を地蔵がつまんだ。

「まあお待ちなさい。私の部屋にビールがありますからそれを持ってきましょう」

その言葉に篁も炎真も顔を輝かせた。

「ああっ！　地蔵さま、ありがとうございます！」

「でかした地蔵！　さすが六道の守護者！　これが地獄に仏ってやつか！」

「……ビールごときでそこまでほめられるとは思いませんでしたね」

やがて地蔵が両手に瓶ビールを抱えて戻ってくると、やんやの喝采を受けた。

三人で改めてビールで乾杯する。司録と司命はすでに食べ始めていた。

「いやあ、おいしいですねえ」

ぷはーっと一息ついて篁が言う。

「さあ、二人とも食え。俺の焼きそばを」

「はいはい、おいしそうですね。いただきますよ」

フライパンから直に焼きそばを取って口に入れる。思わず三人の顔がほころんだ。

「うまいっ！　俺、天才！」

炎真が気炎をあげる。

「野菜が焦げていますね。火が強すぎたんでしょう」

地蔵が黒コゲになったタマネギをつまみあげながら言う。

「自分で作るとビールがうまいってほんとだな！」

炎真はビールの泡ヒゲをつけて笑う。

「麺は柔らかいところと硬いところが混ざってて……よくかきまぜなかったでしょう」

地蔵は麺の固まりを見せた。

「現世の野菜も肉もうまい！」

皿を抱え込んで肉や野菜を頬張る炎真。

「ソースが絡んでないところがある……」

シャクシャクともやしを咀嚼《そしゃく》しながら言う地蔵。炎真はとうとう皿を置いて怒鳴った。

「うるさいぞ、地蔵！　おまえは俺の姑か！」

「おいしいですよ」

地蔵はちゅるんと麺をすする。

「エンマさんの初めての手料理、つっこんでいかないと感激で涙が零れそうなんでございんす」

にっこり笑うその顔に、炎真は箸を握って睨みつける。

「……嘘だ、ぜったい嘘だ」

「地蔵は嘘をつきません」

「おいしーですよー、エンマさまー」

「司命もエンマさまの焼きそば大好きですぅ」

司録と司命が宥《なだ》めるように言う。篁も焼きそばを口の中いっぱいに頬張ってうなずいた。

「……まあな、料理くらい、俺にだってできるんだ」

機嫌を直した炎真はビールのグラスを取った。すかさず地蔵がビールを注ぐ。黄金色の液体に白い泡の冠、湧き立つ細かな気泡たち。炎真は目を細めた。

「現世のうまい野菜と肉とそばに乾杯だ」

夕方までだらだらと焼きそばや追加した餃子、野菜炒めなどを食べていた五人は、観るともなしにつけていたテレビのニュースで、昼間の誘拐劇の顚末を知った。

誘拐された神宿《かみやどり》美禰子は、地蔵が言ったように、八王子の大地主だった。彼女は自分の資産の大部分を、独り暮らしの老人を援助する機関に寄付しようとしており、それに反発した親族が、知人、おそらくは金で雇った人間に美禰子の拉致を依頼したというのが真相のようだ。

美禰子は偶然関わった通行人により通報され、警察が助け出したということになっている。

「そうか。金持ちは大変だな」

炎真はテレビの中でたくさんのマイクを突きつけられている美禰子を見つめた。美彌子は「今回の事件について一言」とコメントを求められると、テレビカメラをしっかりと見つめながら言った。

「わたくしを助けてくださったみなさま、とくに通りすがりのエンマさまにお礼を申し上げます。これであの世に行きましても楽しみができたようでございます」

エンマサマとはなんですか、との声もいくつかあったが、美彌子は曖昧に微笑んで質問を終わらせた。

地蔵がにやにやしながら炎真を振り返る。

「エンマさんの存在が全国放送されてしまいましたよ?」

「いいじゃねえか。現世ではもう忘れられているような存在だからな。地獄も少しアピールしとかなきゃな」

炎真はビールを傾けたが、それはすでに空だった。

「おい、ビールがねえぞ」

「こっちも空です」

篁が瓶を掲げて言う。

「追加で買ってこいよ」

「えー、もういいじゃないですか」

篁はいやそうな声を出して自分の腹を撫でた。

「もうおなかいっぱいですよー」

「夜はこれからだろ」

炎真がちゃぶ台の上に肘をついて、空っぽになったグラスを指で回す。

「おやおや、ヒーローだったエンマさんがただの酔っぱらいになってしまいましたよ」

「何度も言うがな、俺は休暇中なんだ」

炎真はグラスを置いて地蔵に唸った。

「休暇中くらい好きにさせてくれてもいいじゃねーかー」

「エンマさま、だらしなーいー」

司録と司命が顔をくっつけひそひそと囁きあう。

「こういうの何て言うんだっけ……なんとかを巻く……」

「ねじを巻くー?」

「舌を巻くぅ?」

「とぐろを巻くー?」

「だれが蛇だぁ!」

炎真は両腕を広げて二人の子供を抱え込んだ。司録と司命はきゃーっと笑いながら炎真の下でじたばたと足を動かす。

地蔵はグラスに残ったビールをゆっくり飲みながら、地獄の王の楽しい休暇を生暖かい目で見守っていた。

第五話

えんま様と返し忘れた本

busy 49 days
of Mr.Enma

序

「そうですか……結唯《ゆい》ちゃん、まだ……。あの、きっと元気に帰ってきますから、だから……はい、はい、わかりました。あの、元気だしてくださいね……」

通話を切ったスマホの画面には、ぼんやりした顔の自分が映っている。待ち受け画面が夜景の写真だからだ。遠くの夜空に花火があがり、手前に浴衣姿の二人の少女がピースサインをして写っている。去年、友人の前田《まえだ》結唯と撮った写真だ。

結唯は笑っている。

つい三日前もこの写真と同じ笑顔で「さよなら」と別れたのに。

「結唯、どこに行ったんだよ……」

四方田《よもだ》佳帆《かほ》は呟いて自室のベッドの上につっぷした。結唯は親友だ。好きな人のことも将来のことも、結唯になら話すことができた。内気で消極的な自分と違って、どんどん行動できる結唯は憧れでもあった。

高校二年生ともなれば、親友なんて言葉は気恥ずかしくなるが、人に聞かれたらあたしは結唯を親友だと大声で言える……。

なのに、その自分になにも言わず、姿を消した。

(事件？　事故？　……家出、じゃないよね……)

結唯のお母さんもお父さんも佳帆はよく知っている。彼女が家に戻らなくなってすぐに二人とも佳帆の許へ駆けつけた。娘のことをとても心配している。家庭に問題があったとは思えない。

(無事でいて。戻ってきて)

枕にぎゅっと顔を押しつける。不安で吐き気さえ感じていた。行方不明なんて、毎日どこかで起こっている。だけどそれはテレビやネットの遠い世界のことだ、自分のそばで起こるなんて思いもしなかった。こんなにも怖くて不安なことだなんて。

「……佳帆」

トントン、と軽くドアがノックされた。母親だ。

「晩御飯を食べにきて、結唯ちゃんのことが心配なのはわかるけど、ママだって佳帆のこと心配なんだよ……」

「……」

佳帆は枕から顔をあげた。人のことを心配するのがこれだけ不安だとわかった今、わずかでも同じ思いを母親にさせたくなかった。

「晩御飯、なに?」

返事をすると母親の声の高さが一段あがった。

「麻婆豆腐にマカロニサラダよ! 白きくらげと春雨のスープもあるんだよ!」

自分の好きなメニューだ。母親が自分のことを気づかってくれていると思うとじわりと涙がにじむ。結唯のお母さんもきっと毎晩彼女の好きなメニューを用意して待っているのだろう。

(結唯、早く帰ってきて……)

のろのろとからだを起こし、ベッドに座ったときだ。背後からそっと肩に触れられた感触があった。驚いて振り向くと、そこに、結唯の顔が血に濡れて
「きゃああっ!」

すぐにバタンとドアが開いて母親が飛び込んできた。

「佳帆! どうしたの!」

床に滑り落ちてベッドを見上げている娘に飛びつくように駆け寄る。

「大丈夫? どうしたの、いったい!」

「ゆ、結唯が」

佳帆は母親にしがみついた。

「え?」

佳帆は母親を押し倒す勢いでからだをすり寄せた。

「結唯がベッドの上にいたの、結唯が、結唯が頭から血を流して！」

「か、佳帆……？」

もちろんベッドの上には誰もいない。ただ、放り出されたスマホがあるだけだ。

一

「四方田佳帆さんというかわいらしい女子高校生が困っているようなので、話を聞いてあげてくださいな」

いきなり部屋に入ってきた地蔵にそう言われ、炎真と篁は朝食を食べる手を止め、玄関を見た。

「――篁、おまえ、鍵を閉めなかったのか」

「閉めましたよぅ！　でも地蔵さまは大家さまですから鍵をお持ちなんですよぅ」

食パンにマヨネーズ、千切りキャベツにもマヨネーズ。飲み物はペットボトルに入ったミルクコーヒー。

「いま俺たちは慎ましくも幸福なモーニングを食べている真っ最中だぞ、ちったあ遠慮しろ」

「食べるまでお待ちしますよ」

地蔵はちん、とちゃぶ台の前に正座した。長い髪をひとつに結んで背中に流し、紬の着物を着た地蔵は、そうやって微笑んでいると優し気な女性にも見える。炎真と篁は再び食パンを食べ始めたが、地蔵が気になってしょうがない。

「外で待つという選択は？」

「ありません」

炎真の言葉に即答する。炎真は食パンの残りを飲み込むと、ミルクコーヒーで無理やり流し込んだ。

「……って？」

軽くむせ気味に地蔵を見ると、地蔵は身を乗り出した。

「実は佳帆さんのお母さまに相談されたんでござんす。お母さまとはビーズ作りの会でよくご一緒するんですが、不動産屋だから、なにかそういった神様とか御祓《おはら》いとか、知っているのではないかと。まあ藁にもすがるお気持ちだったんでござんしょう」

炎真は地蔵を上から下まで見下ろした。

「おまえ、……ビーズなんか作ってるのか」

「他にも七宝焼や料理教室にも通っております」

地蔵はにっこりと得意気な笑みを浮かべる。

「店でも開くつもりか。不動産屋だけで満足してろよ」

「あくまで趣味でござんすよ」

炎真と違い、食パンをゆっくりと食べた篁が「ごちそうさま」とカップを置いた。

「それで地蔵さま。つまり、神様や御祓いが必要なことが起きてるって話ですか？」

「ええ、そうなんです。篁さんは話が早くて助かる」

地蔵は篁に向き直った。炎真は「けっ」と吐き捨てると行儀悪く畳の上に横になる。

「佳帆さんのお友達の前田結唯さんという方が行方不明になってらっしゃるんですが、その結唯さんの姿を自分の部屋で何度も見るそうなんでござんす」

それを聞くと炎真はうんざりとした顔をした。

「なんだよ、また幽霊かよ」

地蔵はゆっくりと首を振った。

「結論は早すぎますよ。前田結唯さんは血まみれで現れては消えるそうで、佳帆さんはひどく怯えていらっしゃるとのことでござんす。それで、お母さまも怖くなられたんでしょう。昨日の夜、私のところに電話がありましてね。まあ朝まで待ったんですからよしとしておくんなさいな」

「どういう理屈だよ。幽霊が出るっていうなら死神に仕事させろ」

炎真は横になったまま、テレビのリモコンをとると電源を入れた。

「佳帆さんと話をしてもらいたいんですよ。血まみれということで生霊とは考えにくいでしょう。結唯さんがどこで死んだのか、どうして亡くなったのか、佳帆さんに教えてあげてほしいんです」

「……ちょっと待て」

炎真は何かに気づいた顔をして半身を起こした。

「おまえ、その母親に俺らのことをなんて説明したんだ？」

「え？　いえ、たんに、幽霊関係に強い人だと」

「………」

黙って見つめてくる炎真に地蔵は笑みを深くした。

「その筋では有名な霊能力者だと」

「………」

今度は篁も地蔵を見つめた。

「とても親切で困ったことはなんでも解決してくれる人だと」

「てめえ……、盛り過ぎだろうが！」

炎真は畳を叩いて跳ね起きた。

「誰が霊能力者だ！　どの筋だ！」

「お母さまを安心させてあげたいという思いから発したリップサービスで」

あなたならわかりますよね、という顔を向けられ、篁は曖昧に笑って炎真に視線をやった。

「俺にできるのは死者の霊を彼岸に送ってやることだけだぞ」

苦虫というのがあるなら、それはわらじ大くらいあるのかもしれない、それを噛みつぶすような表情で炎真は地蔵を睨む。

「それで十分でござんす。霊が彷徨《さまよ》っていることほど、可哀そうなことはありませんからね」

地蔵は両手をあわせた。さすがにきれいな祈りのポーズだ。

「どこでどうして死んだのか、霊本人だってわかってないときがある。そんな場合は何も教えられねえ」

「はい」

地蔵は殊勝にうなずいたが、その細い目はなにかの意を含んでいる。炎真は見ない振りをした。

「俺がここにいるのは休暇のためだってわかってるよな。その俺を動かそうっていうなら……」

「それはもちろん」

地蔵は着物の袂から一枚のチラシを出した。まるで舞扇《まいおうぎ》をひらめかせるような優雅な手つきだ。

「ホテルのスイーツバイキングを申し込んでおきました」

「うおっ！」

炎真は一目見るなり、チラシを地蔵の手から奪い取った。

「すげえっ、見ろ、篁！　チョコレートがまるで泉のように噴きだしているぞ！」

「うわあ、血の池地獄も真っ青ですね！」

「チョコレートフォンデュですね」

顔を寄せる炎真と篁の上からチラシを覗き込んだ地蔵が解説する。

「このピンクとか白とか黄色とかの丸いものもうまそうだ、タワーになってるぞ！」

「三途の川の石積みにも負けてませんね！」

「マカロンタワーですよ。有名なフランスのお店からの空輸らしいです」

三途の河原の石がマカロンなら、子供たちも楽しく積むでしょう、と地蔵は微笑む。

「ミルフィーユが一六段重ねだとう……っ」

「亡者を重ねて串刺しにする数より多いですぅ！」

「はさまっているのは亡者の血と脂じゃなくて、カスタードクリームですけどね」

炎真はにんまりと笑うとチラシのしわを丁寧に伸ばしてちゃぶ台の上に置いた。

「よし、地蔵。その娘の家を教えろ。俺がじっくりとその霊に説教してやる！」


炎真と篁が四方田佳帆の家に到着したのは一七時ちょうどだった。インタフォンを押すと、玄関で待ちかまえていたのかと思うほどの速さでドアが開けられる。

「こんばんは。地蔵さんからの紹介で来ました。小野と大央です」

篁が愛想よく挨拶すると、ドアを開けてくれた母親は驚いたような顔をした。

「え……？　あ、あなた方が？」

「はいそうです。あ、もしかして修験者とか、お坊さんのような格好をしていると期待されましたか？　すみません、仕事としてやっているわけじゃないんです。あくまでボランティアなもので」

篁がすばやく母親の不信感をすくいあげる。母親はとまどった顔でホストのような格好の篁と、そのへんの大学生のような炎真を交互に見る。

「ボランティア……ですか？」

「はい、でもご心配なく。実績は折り紙付きです。試しに使ってみて大丈夫ですよ」

軽やかに言う篁に、母親のこわばった頬も緩んだ。次に、さっきとは別のとまどいの色が顔を覆う。

「すみません、ほんとに。幽霊なんておかしなことを……。本人の気のせいだと思うんですけど。お友達が宙に浮いてた、透けてたなんて聞いたら怖くなって」

娘の話を聞いているうちに怖くなったが、いざ、他人を目の前にすると心霊現象を信じたのが恥ずかしくなる――よくあることだ。今の母親は地蔵に頼んだことを後悔しているのかもしれない。

「いえいえー、お気になさらず。なにもなければそれが一番じゃあないですか。お友達が行方不明で心配なさっているんでしょう？ 心優しいお嬢さんですね」

篁がそつのない笑顔で母親の気持ちの負担を減らす。その言葉に彼女はほっとした顔をした。

「ほんとに、ご飯もあまり食べないくらい心配しているんです。中学の時からのお友達で、一緒の高校に入るために猛勉強したんです。うちにもよく遊びにきてたから、わたしも心配で……」

今度はせつせつと不安を訴える。一瞬で変化する母親の感情に篁はよくついていった。

「そうでしょうとも。親御さんはみんな心配ですよね。それで、お嬢さんに会わせていただいてもよろしいですか？」

微笑みながら言う篁の後ろで、炎真は仏頂面で下駄箱の上にある土産物の人形などを見ていた。

「はい、どうぞ。娘には伝えてありますので」

母親は先に立って階段を上がった。廊下の突き当たりの部屋のドアに「ＫＡＨＯ」と木製のローマ字プレートが下がっている。手書きでトトロのイラストが描かれていた。

「佳帆。話していた……その、幽霊の……方が見えられたわよ」

幽霊の方ってなんだ、と炎真が小声で突っ込む。篁は振り向いて、しいっと人差し指を立てた。

「入るわよ、佳帆」

中の声は聞こえなかったが、母親はドアを開けた。室内では佳帆がベッドの前に立っている。支えるように両腕をからだに巻きつけていた。

「娘の佳帆です」

母親が紹介する。佳帆は硬い顔でかすかに頭を揺らした。

「こんばんは、小野といいます。こちらは大央です」

篁は安心させる笑みを浮かべ挨拶する。その顔のまま母親を振り向くと、

「すみません、佳帆ちゃんとだけお話しさせてもらえますか？」と言った。

「え、でも……」

「お友達のことですし、お母様にはお話ししづらいこともあるかもしれません」

重ねて言ったが母親は首を振った。

「でも、わたしも心配で」

「霊を信じてないやつには話せないこともあるんだ」

炎真がぴしりと言う。母親はその声に鞭《むち》打たれたようにからだをそらせ、怯えた顔を向けた。

「エンマ――大央さん、顔が怖いですよ」

篁がやんわりと抗議する。炎真は片手であごを撫でた。

「すみません、お母さま。佳帆さんのお気持ちをほぐすためにも、ここは三人にしていただけますか？」

優しい口調だが反論できない言い方に、母親はしぶしぶうなずいた。

「なにかあったら呼んでね」

何度もそう言ったが、娘は硬い表情のまま、うなずきもしなかった。

篁は耳を澄ませて母親が階下に降りたのを確認した。

「さて」

手を伸ばしてベッドを指す。

「座ってください。その方が落ち着くでしょう？」

「――あなたたち、ほんとに霊能力者……なんですか……？」

佳帆は座らず、怯えたような顔で炎真と篁を見た。篁は微笑んで、

「厳密に言えば霊能力者ではありません。ただ霊とお話ができるものです」

「それを霊能力って言うんじゃないんですか？」

炎真が片手を上げ、佳帆の話を遮った。

「俺たちのことはどうでもいいだろ。おまえが知りたいことを聞いてやるって言ってるんだ」

その言い方に佳帆が怯《ひる》むように体を引く。だが炎真は気にせずぱきりと指を鳴らした。

「そのあと、とっととあの世へ送ってやる」

「大央さん、言い方！」

篁が炎真の腕を引く。「おっと」と炎真は軽くよろけた。

「その幽霊さんは佳帆さんのお友達なんですよ、もうちょっと配慮してあげてください」

炎真は鼻の頭にしわを寄せた。

「もしかしたら別の浮遊霊かもしんねえぞ」

佳帆は泣きそうな声で言った。

「あれは絶対結唯でした……。あたしが見間違えるはずありません」

それに炎真は軽く肩をすくめる。

「霊になると顔つきが変わるやつもいるぞ。いきなり出てきた霊の顔をまじまじ見られるか？　血まみれだったというじゃないか。どうせ見たのだって一瞬だろ」

「そ、それは……、確かに一瞬だけど、」

急に佳帆は自信なげな表情になった。

「でももう三回も見てるんです……絶対、……結唯です」

「三回、か。だいたい決まった時間か？」

「は、はい」

佳帆は壁の時計を見た。

「いつも……晩御飯前……六時ごろ」

時計の針は一七時四〇分。炎真は篁と顔を見合わせた。

「幽霊にしちゃ早い時間だな」

「も、もし、結唯じゃなかったら」

ぱちっと大きく瞬きして、佳帆が炎真たちを見る。

「ち、違います」

「結唯は死んでないんですよね？　生きてるんですか？」

期待に満ちた顔の佳帆に、篁は申し訳なさそうに答えた。

「それはなんとも言えません。そもそも死んだ人間が全員幽霊になるというわけでもありません。通常は死ぬとすぐにお迎えがきて魂はあの世へ導かれますから」

「あの世……」

「彼岸です。そこで裁判を待ちます。その後、地獄か極楽へ」

佳帆は怯えたように篁を見た。

「結唯が地獄なんか行くわけ……」

「生前のそいつがどんなやつだったかなんて、他人のおまえにわかるわけがないだろ」

自分を否定されたと感じたのか、佳帆の目に涙が浮かぶ。

「あ、あたしは結唯のこと、ちゃんと知ってます」

「本当か？」

煽《あお》るような炎真の言葉に佳帆はとうとう涙を零した。

「本当です、あたしたちはなんでも話してきたもの！　結唯は弱虫のあたしをいつも庇ってくれてすごく優しくて……。地獄なんか行きません」

「もし結唯さんじゃないとすると」

篁はほっそりとした指を頬に当てた。

「この部屋に現れる霊は赤の他人ということになって問題はややこしくなります」

う、と佳帆がつまる。

「ああ、すみません。意地悪でしたね。佳帆さんは結唯さんが死んでいない方がいいんですよね」

「あ、あたりまえです……」

友人は死んでいない方がいい。だがそうしたらここに現れるものはなんだろう、自分が親友を見間違えるはずもない。

佳帆の中でぐるぐると感情が動く。とうとう考えることが辛くなったらしく、佳帆は頭を抱えてどさりとベッドに腰を落とした。

「まあ、落ち着いてください、佳帆さん。とにかくその時間まで僕たちが一緒にいますから。霊が出てきさえすれば、あとは僕たちの仕事です」

篁がベッド脇にしゃがんで佳帆を見上げる。佳帆は涙をぬぐって、歯を食いしばり、呻きを耐えた。

「——篁」

炎真が低く呼んだ。

「来るぞ」

佳帆が青ざめた顔をあげる。篁は膝をついたまま周りを見回した。炎真は組んでいた腕をほどき、振り返る。

ひやり、と。

冷気が炎真の首を撫でる。机の前に、制服姿の少女が立っていた。白い額から赤い血が流れ、鼻の横を通って顎に伝う。ブラウスの胸も赤く染まっていた。

「ゆい……っ」

佳帆が声を上げたが、音はのどにひっかかって出てこない。息だけで友人の名を呼んだ。

「結唯さんに、間違いないんですね」

篁はベッドの上の佳帆の手を握った。佳帆はひゅーひゅーと苦しげに息をしてかすかにうなずく。

いつもは見たとたん目を閉じて顔を覆っていたから、今のようにはっきり――いや、結唯の輪郭は空気ににじむように曖昧だ。けれどわかる。結唯だとはっきりわかる。

「赤の他人が出てきてるって線は消えたな」

炎真は結唯の姿をしたものに一歩近づいた。

「前田結唯、おまえは死んでるんだ。死んでいるなら寄り道せず、あの世へ行け」

「大央さん！」

篁が非難を込めた声で言う。

「言い方！」

「わかってるよ。――おい、前田結唯。おまえ、今どこにいるんだ。なんで出てきた、自分でわかってるのか？」

前田結唯の目は炎真も篁も見ていないようだった。ただ、佳帆だけを見つめている。

「――ゆい」

佳帆は親友の名を呼んだ。輪郭がぼやけ、時折消えかける少女の姿をしたものに、近寄ろうとベッドから立ち上がり――しかし、膝に力が入らず床に崩れ落ちる。

「結唯……結唯……っ」

手を差し伸べる佳帆の姿に、結唯の表情がわずかに動いた。

「……――」

なにか、言った？

唇が動いたように見えた。しかし、霊の声は空気を振動させない。その音は佳帆には届かない。

「結唯――」

佳帆の手が結唯に届こうとしたとき、少女の姿は風に散る煙のように消えた。

「あ、あ……」

床に両手をつき、佳帆は結唯がいた場所を凝視した。そこにはなんの痕跡もなかった。

「篁」

炎真は結唯の消えた空間を見つめたまま言った。

「はい」

「聞こえたか？」

「ええ」

篁は床の上で動かない佳帆の両肩に手をかけ、そのからだを起こした。

「佳帆さん、聞いてください」

佳帆は自分の肩の上の篁の手にすがりついた。

「結唯が――やっぱり結唯だった……あんなにはっきり……やっぱり生きてるんじゃないの？　あれって生霊っていうのじゃないの？」

「残念だが死んでるよ」

炎真の声が冷たく響いた。

「今、見てわかった。そういうのはわかるんだ。……まあ、たまにわかりにくいのもあるが」

「そんな」

「信じられないならそれでもいい。だが前田結唯がここに来ているのは、おまえに伝えたいこと……もしくは望みがあるからだ」

死んでいる――

はっきりと言われた。認めたくなかったが、目の前の炎真という男が嘘やでたらめを言っているとは思えなかった。

なぜだろう、この人は真実しか言わない。

「佳帆さん、結唯さんの言葉を伝えます」

「……」

佳帆は涙で曇った目を篁に向けた。

「結唯の……言葉？」

「はい、僕たちには意味がわかりません。親友の佳帆さんにならわかるかも」

親友――。

その言葉が佳帆の意識を揺さぶった。瞳の焦点があい、佳帆はしっかりと篁を見つめた。

「なん……て？」

「結唯さんはこう言いました。――カシダシカード」

「え？」

二

思いもかけない言葉に意味がついてこなかった。

「もう一回……言って？」

「カシダシカード。貸出カード、ということだと思うんですが、なにか心当たりはないですか？」

「かしだし……かーど……？」

呟いてその言葉の意味を思い出す。貸出カードというのは図書館で使うカードだ。小さな名刺サイズで本を借りるときに機械に通して記録する。

「──あっ！」

佳帆は立ち上がろうとしたが、まだ膝がガクガクするのか、這うようにして勉強机に向かった。

「貸出カードって」

引き出しを開けて中をかきまわす。

「これよ、このことです！」

佳帆が出したのは水色の縁取りのある、白い貸出カードだった。

「忘れてた！　これ、結唯がうちに遊びにきて、忘れていったんです。だから明日学校で返すね、って伝えてたのに、当日忘れていっちゃって……その日に結唯は……学校からの帰りにいなくなって、返すことができなくなって……」

佳帆は脱力したように椅子に座り込んだ。

「なんで貸出カードなの……？　結唯、あたしになにを言いたいの……？」

「おい、そのカード寄越せ」

炎真が佳帆の前に立ち、その手から薄いカードを抜いた。佳帆が「あっ」と悲鳴をあげる。

「か、返してください！」

取り戻そうとする佳帆の手をかわして炎真はカードの表面を見た。そこには熱転写で本のタイトルが記載されている。

「これは市立図書館のカードだな」

ここなら前に司録と司命を連れていったことがある。

「そ、そうです。結唯がよく行ってたの、学校の図書室より、きれいで広くて好きだって……」

貸出カード……結唯が伝えた言葉、それはあたしへのメッセージ。

「ここに書いてある名前って借りた本なのか？」

「そう、……そうです」

佳帆は炎真の手から貸出カードを返してもらった。カードには『こころ』というタイトルと返却期限が記載されている。日付は昨日だった。

それを見て、佳帆は弾かれたように顔をあげた。

「返却日過ぎてる……。結唯、もしかして本を返却したいの……？」

「本の返却？」

「結唯、そういうところ真面目なの。返却日までに読まなきゃって学校でも休み時間ごとに読んでた」

佳帆の目に涙が盛り上がってくる。休み時間に本を読んでいた結唯、読んだ本のことを話す結唯、一緒の帰り道、こっそりと打ち明けてくれた、小説を書きたいのだと。

そんな彼女の姿を思い出し、佳帆は顔を覆った。

未来を夢みていた友人がなぜ死ななくてはいけないのだ。やはり佳帆はまだ親友の死を受け入れることができなかった。

「結唯さんはそれを佳帆さんにお願いしたくて出てきてたんですね。これを伝えることができたから、結唯さんはようやく成仏できます」

だから篁の言葉に納得できなかった。

「――成仏なんて」

佳帆は暗く重く呟く。

「成仏ってしなくちゃいけないの？」

「え？　な、なにを言ってるんです」

篁がうろたえる。それは人に呼吸ってしなくちゃいけないの、と尋ねるようなものだ。

「だって成仏しなければ、結唯はここにいることができるんじゃないの？　ずっと、あたしのそばに……」

「人間の霊に期待を持つな」

炎真がぴしりと言う。

「器がなければ人としての意識なんかそうそう保てるものじゃない。やがて自分がなんのためにそこにいるのかも忘れ、最後にはそのへんの自然霊に取り込まれてしまう。そうなったらもう地獄へも極楽へも行けない。転生もかなわずただ浮遊するか消えてしまうだけだ」

炎真の言っていることの半分も佳帆には理解できない。だが、結唯がこのままの状態でいてはいけない、と言われていることだけはわかった。わかったけれども。

「佳帆さん、結唯さんはもう心残りなくあの世へ旅立つことができるんです。喜んであげないと」

篁が貸出カードを持つ佳帆の手を両手でそっと挟んだ。柔らかく、温かな手だった。

「いや……っ」

佳帆の目から涙がこぼれた。もう会えないなんていやだ。夜遅くまでのおしゃべりも、放課後のカフェも、これから先、一緒に歩いていくこともできなくなるなんて。

「いやだ……いや……」

わあっと佳帆は声を上げて泣き出した。納得したくない、理解したくない。駄々っ子のように「いやだいやだ」と泣きじゃくった。炎真と篁はそんな佳帆を黙って見つめている。何も言われないのが却《かえ》ってどうしようもないと言われているようで悔しかった。

だが、やがて涙は止まる。一生泣いていることはできない。

ひとつしゃくりあげるたびに、佳帆の中で結唯の死が積み上げられていった。

「佳帆さん」

辛抱強く佳帆の涙が乾くのを待っていた篁が、もう一度佳帆の手をとった。

「お友達の死を受け入れられないのはわかります。でも、結唯さんのお願いを叶えてあげませんか？」

「……貸出カード……」

「そうです、本の返却です。結唯さんの本は家にあるんでしょうか？」

「あたし、……」

最後の雫が佳帆のまつ毛から落ちた。

「……結唯のお母さんに聞いてみる」

佳帆は鼻をすすりながら言った。

「結唯がうちで見せてくれた、夏目漱石《なつめそうせき》の本なの。文庫だった。たぶん、そのときこの貸出カード、落ちたんだ」

佳帆は立ち上がった。篁がその背を支える。

「この貸出カードも返さなきゃ……。結唯のものだから」

彼女の……形見になるかもしれない。結唯のことを心配している彼女の両親には言えないが。

「今から行くんですか？」

「うん……」

佳帆は片手で目をぬぐう。篁はハンカチを出した。

「それは止めたほうがいいですよ、もう遅くなりますし……佳帆さんのお母さまも心配されます」

「でも」

「……それじゃあこうしてください」

受け取ったハンカチで目を押さえる佳帆を見ながら、篁は言った。

「結唯さんのお母さまに連絡して漱石の本を探しておいてもらうんです。それで明日、佳帆さんが学校帰りに行って、カードと本を引き替え、図書館に本を返す。結唯さんの本はすぐに見つからないかもしれないし」

「……うん」

佳帆は両手でカードを持って視線を落とした。

「わかりました、そうします」

佳帆は前田家に電話をすると、結唯の貸出カードを届けたいということと、夏目漱石の本を探しておいてほしいと頼んだ。

「明日、図書館へ行くんだけど……」

電話を終えてから佳帆がちょっと恥ずかしそうに篁を見上げた。

「一緒に……来てもらえますか、だめ、ですか」

「だめにきまって」

「きまってるじゃないですか、いいですよ」

篁は炎真の台詞に急いでかぶせた。

「乗り掛かった船って言葉もありますし、最後まで見届けます。僕たちも結唯さんの成仏を願ってますからね」

階段を降りると母親がすぐに顔を出した。

「佳帆、大丈夫？」

「うん……」

泣いたあとの腫れた目に、母親は心配そうな顔をする。佳帆は無理に笑みを作った。

「もう平気。……この人たち、呼んでくれてよかった……」

「そ、そうなの？」

母親はまだうさんくさいと思っているようだった。

「うん。心配してくれてありがとう、ママ」

「佳帆……」

母親は佳帆を両手で抱き寄せた。

「やめてよ、そんなお礼なんて水臭い。親が子供を心配するのは当たり前じゃないの。お別れみたいに言わないで」

「マ、ママ、恥ずかしいよ。離して」

頭を撫でられて佳帆はあわてて母親の胸からからだをひきはがす。篁はにこにことそんな母子を見守ったが、炎真はこっそりとあくびをしていた。

「じゃあ僕たちは失礼します」

「ありがとうございました」

母親は深々とお辞儀をし、佳帆もぴょこんと頭をさげた。


玄関のドアを閉めると炎真は伸びをした。

「どう思う？」

「はい？」

外はすっかり暗くなっていた。

「あれで成仏したと思うか？」

「心残りがなくなれば、人は案外素直に彼岸に行ってくれます、死神の姿は見えませんでしたが、じき迎えに来ますよ。いや、もう連れてってるかもしれませんね」

「本の返却が心残りねえ」

炎真はゆっくりと首を振る。

「死者の未練ってけっこう身近なものや、小さなことが多かったりするんですよ、飲み残しの酒とか、飼い猫の行方とか」

「死因や死亡場所がわからなかったな」

地蔵にいやみを言われるかもしれない。スイーツバイキングのレベルを下げたくない、と炎真は顔をしかめた。

「死因はあの頭の怪我でしょう。どこかで事故に遭ったんですね」

篁は痛まし気に瞬いた。

「僕らから警察に伝えることはできませんから、遺体が見つかるのを祈るだけですが」

「場所は教えることができるだろう」

炎真が言うと、篁は弾かれたように振り向いた。

「え？　どうするんですか？」

「司録と司命に記録を出させればいい。成仏したなら記録が取り出せるはずだ」

「そうでしたね」

篁はぽんと手を叩いた。

「司録、司命」

炎真が夜空に向かって呼ぶと、すぐにしゃらら～んとかわいい音がする。無駄につけられた効果音だ。

「はーい」

「おそばにー」

二人の子供が月の光の中に浮かび上がる。

「うわー、夜なのー、まっくらよー」

「時間外勤務ですのー」

二人はふわりとアスファルトの上に降り立った。長い袂がその後を追って地面に落ちる。

「前田結唯の記録を出せ。一七歳だ」

「はーいー」

司録と司命は手をあげたが、いつものように巻物は降ってこない。

「あれー？」

「あれれー？」

二人は同時に首をかしげ、それから炎真を振り仰いだ。

「ざんねーん、記録がありませーん」

「この人まだ彼岸に来てませんのー」

「なに？」

血まみれの姿は生者の姿ではないから、生霊とは考えられない。だとすると、あれで成仏したわけじゃなかったのか、と炎真は篁を見る。篁はぶるぶると首を振って自分のせいではないと主張した。

「彼岸に来ていないから記録を取り出せませーん」

「此岸《しがん》にいる人間は顔を確認できないと、やっぱり記録を出せませーん」

「あちゃー」

篁が顔を覆う。

「そうでした。行方不明で死亡で成仏してないと僕たちにもお手上げです」

「なんだとお！」

司録と司命は顔を見合わせる。

「エンマさまー、こういうのは手順が大事なのー」

「ちゃんと手続きお願いしまーす」

二人はぽーんと飛び上がると再び夜の中に消えてしまった。

「これはやはり返却までしないと成仏しないようですね」

篁がため息をつく。

「もし自宅になければ本を探さなきゃならんのか？」

炎真がうんざりした顔をした。

「そうですねえ」

「くそっ、面倒だな」

「やはり地蔵さまのご依頼は一筋縄ではいきませんねえ」

そう言って空を仰いだ篁が歓声をあげた。

「ああ、春の月ですねえ」

夜空に朧《おぼろ》ににじんだ月が浮かんでいる。

「地獄にいると忙しくて月を見上げる時間もないですからね。一首詠みたくなります」

「ああ、そうか。おまえ、百人一首に載った有名な歌人だったな。たしか、わたの原八十島《やそしま》かけて　漕ぎ出でぬと……」

「あ、やめてくださいよう、エンマさま。あれ、あてつけで詠んだ歌なんですよ。僕の黒歴史ですよぅ」

篁はわちゃわちゃと両手を振った。

「そうだったのか？　島々を目指して船を出したっていう勇壮な決意を家族に告げた歌だろ？」

炎真が首を傾げると、篁はさらに倍速で手を振った。

「行きたくもない遣唐使に命じられて、二回も失敗して。じゃあ三回目は真面目に行くかと腹を決めてたのに、常嗣《つねつぐ》さんに船を取り上げられて……自分の船が壊れたからって僕の乗る船を取り上げたんですよ？　それで僕は二番目の船で行けって、さすがに温厚な僕も怒りますよ」

「おまえを怒らせるって逆にすごいよな」

炎真は軽く笑う。

「現世にいた頃はけっこう短気だったんですよ。まあ元々、常嗣さんとはいろいろあったんですけどね。それで遣唐使をボイコットして……」

篁は昔を思い出したのか、深いため息をついた。

「遣唐使自体、むちゃくちゃ危険なシステムだったんですよ。あの時代、ゴテゴテ着飾っただけのポンコツで海に放り出されるんですからね。そういう文句を漢詩に込めて朝廷に出したら帝がキレちゃって……それで島送り」

「そうか、あの歌は遣唐使のときに詠んだんじゃなくて」

「島送りのときに詠んだんです。やけっぱちですよ」

篁は優しい輝きの月に面《おもて》を向けた。

「今ならもっと素敵な歌を詠みますよ……」


翌日、炎真と篁は佳帆と約束した待ち合わせの場所に来ていた。結唯の家から近い公園で、たくさんの子供たちが母親に連れられて遊びに来ている。

「ああ……生きているかわいい子供たち……いいですねえ。心がぽかぽかします」

「やかましいな。地獄でも子供はうるさいもんだが、現世の子供はパワーが違う」

「そりゃあそうですよ。愛情をたっぷり注がれていますもの、エネルギーが違います
……あ、転んだ。えらいえらい、泣かずに起き上がった」

ベンチに座って篁がほのぼのしていると、公園の入り口から佳帆が走ってきた。

「小野さーん！」

佳帆は手を振った。

「……あいつ、おまえの名前しか呼ばないな」

「エンマさま、いつも怒った顔してるからですよ……佳帆さーん！」

篁も立ち上がって手を振りかえす。

佳帆はノンストップで駆けてきて、篁の前でたたらを踏んだ。

「小野さん……あの、あの、」

「落ち着いて、佳帆さん。はい、深呼吸」

篁に言われ、佳帆はすうはあと忙しく呼吸をした。

「本はあったのか？　四方田佳帆」

炎真が言ったが、佳帆は篁に視線を向けたまま首を振った。

「それが……結唯の家に行く前に電話をしたら、夏目漱石の『こころ』は見つからなかったって結唯のお母さんが……」

一息に言って膝に両手をつく。

「本棚にも机にも、ベッドの下も見てくれたみたいなんだけど、どうしても『こころ』が見つからなかったって……」

篁はチラッと炎真と目配せした。

「学校にあったりしませんか？」

「あたし、その可能性も考えて、いったん学校戻って結唯の机の中見てみたんですけど、なにもありませんでした。考えてみれば結唯はいつも机の中きれいにしてた」

「そうですか……では『こころ』はまだ結唯さんと一緒にあるということですね」

炎真は軽くため息をついた。

「結局、結唯か『こころ』を探さなきゃならんということだな」

「仕方ありません。さもないと結唯さんが成仏できませんから」

佳帆は「えっ？」と顔をあげた。

「結唯、成仏してないの？　昨日のアレで……行っちゃったんじゃないの？」

「それが……」

篁はぺこりと頭をさげた。

「結唯さん、まだあちらに行ってらっしゃらないようなんです。それでどうしても『こころ』を探さなければならないことに」

「……そうなんだ……」

佳帆はこころなしかほっとしているようだった。

「結唯、まだこっちにいるんだ……」

「喜ぶな、四方田佳帆」

炎真が怖い顔をすると、佳帆は篁の背後に隠れた。

「佳帆さんを脅さないでくださいよ、エン——大央さん」

炎真は怖い顔のまま佳帆に近づいた。

「おまえ、結唯と最後まで一緒にいたんだよな」

「え、は、はい」

篁の腕を摑んで佳帆はうなずいた。

「おまえと別れてから結唯は行方不明になった」

「はい……」

佳帆は視線を下げ、自分の靴を見つめる。

「だとしたら、おまえと別れたあとから家に着くまでの間で、事件か事故に巻き込まれたってことだよな？」

「そうですね……」

「よし、行ってみるか」

炎真の声に佳帆はさっと顔を上げた。

「え？　どこへ？」

炎真はにやりと笑って歩きだした。

「きまってる。あの日、前田結唯の歩いた道だ」


「でもその話は結唯のお母さんたちにもしてあるから、きっと同じように捜したはずですよ？」

佳帆は炎真と篁のあとを足早に追った。男二人の足が速すぎて、時折小走りにならないと追いつけない。

「そうだな。だが今日は捜していないだろ」

炎真は背中で応える。篁が振り向いて手を差し出してくれたが、男性の手をとるのは気恥ずかしくて、佳帆は首を振った。

「あたしも結唯がいなくなってすぐ捜したし」

炎真に反論するためにだけ、佳帆は言い添えた。

「前田結唯がいなくなってすでに一週間だ。なにか変化があるかもしれねえ」

炎真はまっすぐ前を見たままずんずん進んでゆく。

「変化……？」

「結唯の幽霊が出たってことが変化のひとつめ。貸出カードの存在が見つかったのが変化の二つ目だ」

篁が振り向いて微笑んだ。

「『こころ』が見つからないってことも、三つ目に数えられるかもしれませんよ」

炎真や篁にそう言われると、何かが少しずつ進展しているような気がする。しかし現実には結唯の行方は杳《よう》として知れない。ただこうやって歩いていても新しい発見があるとは、佳帆には思えなかった。

「ここで別れたの」

佳帆は交通量の多い大通りに立って言った。

「結唯は信号を渡っていったの。あたしはバイバイって手を振って、結唯も……」

白と灰色のストライプの上を、車が何台も通りすぎる。歩いてゆく結唯の後ろ姿……。見ていたはずなのに、佳帆は思い出すことができなかった。

「とにかく行ってみましょう」

信号が青になるのを待って篁は佳帆を促した。しかし、佳帆は歩きだせず、立ちすくんでいた。

「佳帆さん？」

「この道で本当になにか見つかったら……」

佳帆は震える声で言った。

「結唯はもう……戻ってこないんだよね」

そんな佳帆に炎真は苛立ったように眉をひそめた。

「今更だろう？　昨日納得したんじゃないのか」

「納得……なんか！」

佳帆は大声で叫んだ。

「納得なんかできません！　だって、結唯もあたしもまだ一七なんですよ!?　どうして死なきゃならないの！　なにも悪いことしてない！　結唯はあんなにいい子なのに！　あたしが見つけたら結唯はほんとに死んじゃうじゃないですか！」

「悪いことをしてなくても死ぬときは死……」

背後から篁が炎真の口を塞いだ。

「エンマさまは黙っててください。デリカシーがないんだから」

「おい！」

「佳帆さん」

篁は顔を覆ってしゃがみこんだ佳帆の横に膝をついた。

「納得なんかできないですよね……死は暴力に似ています。今まで隣にいた人を無理やり奪ってゆく痛みには耐えられません。あなたの思いも悲しみも置き去りにして。けれどそれは嘘にはできません、なかったことにはできません。だとしたら残されたものにできることはなんなのか……」

佳帆は指の間から涙ににじんだ篁を見た。

「なに？　なにができるの……」

「結唯さんを見つけることです。漱石の本を見つけることです。そして結唯さんを彼岸に送ってあげることです。

「彼岸に行かないと……結唯は消えてしまう……」

佳帆は昨日炎真が言ったことを覚えていた。

「いつか還ってくるって……ほんと……？」

「はい。――いつか」

まだ納得はしていないだろう。けれど佳帆は涙を拭いて立ち上がった。

「わかりました、行きます」

信号が青になる。あの日、結唯が渡ったように、佳帆は横断歩道に足を踏み出した。

三

歩道を道なりに歩いてゆくと、やがて住宅地へと出る。左右には戸建ての家が並び、車の音も少ない。緑の庭を持つ家も多かった。

〝ムーバス〟と市民から親しみを持って呼ばれる小型のコミュニティバスが横を通る。大通りを通る関東バスが走らない住宅地をぐるぐると回っているものだ。運賃も安い。

佳帆はバスを避《よ》けるため、塀に寄って歩いた。戸建て住宅の門扉や玄関に、紐で縛られた新聞紙や雑誌が出してあるところがある。

そういえば明日は古紙回収の日だったと佳帆は思い出した。佳帆の家でも母親がゴミに出すため新聞紙をまとめていた。武蔵野《むさしの》市では、ゴミは集積所に集めず、各戸収集を行っている。

いくつかの家を過ぎたとき、佳帆は目の端になにかひっかかるものを見た……と思った。だがそれがなにかわからない。佳帆は首を傾げ、振り向いた。

「どうした？」

炎真は立ち止まってしまった佳帆に声をかける。だが、佳帆は動かない。それどころか引き返そうとしている。

「おい？」

もう一度炎真が言ったとき、佳帆はある家の門扉を摑んでその柵に顔を押しつけていた。

「どうしたんです、佳帆さん」

「――見つけた」

佳帆が低い声で呟いた。

「え？」

「見つけた、見つけた、見つけた！」

佳帆が悲鳴のようにわめいた。篁はその佳帆のからだを門扉から引き剝がした。

「なにを……」

視線が門扉の中にむいた。そこには明日の古紙回収のためにまとめられた紙ゴミがあった。デパートの袋の中に雑誌や新聞紙、菓子箱などが入って、十字に紐がかけられていた。その一番上に文庫があった。

夏目漱石の『こころ』だ。

「結唯の本！　結唯の本です！」

佳帆は篁を揺すった。篁は門扉の隙間から腕を差し込んだ。紐の下にある文庫に触れ、それを引き出す。

「――これは」

文庫の背表紙に分類ナンバーのシールが貼られ、裏表紙にも「武蔵野市立図書館」と名前の記載されたシールが貼ってある。たしかに――

「図書館の本、だ」

篁は炎真を振り仰いだ。炎真は無言で門扉に手をかけると、それを開いた。鍵はかかっていなかった。

「エンマさま、待ってください。たんに拾っただけかも……」

「拾ったんだとしたら図書館へ届けるんじゃないのか?」

炎真はさっさと玄関に向かい、インタフォンを押した。

「――はい」

ややあって、聞こえてきたのは覇気のない、掠《かす》れたような女の声だ。

「――」

炎真が何か言おうとするより早く、篁がインタフォンに口を近づけた。

「あ、申し訳ありません。お宅が出されているゴミの件でお尋ねしたいことがありまして」

「はあ……ゴミ、ですか……」

声はなんの感情もなく繰り返す。

「出されている資源ゴミのことでお尋ねしたいんです。お手数ですが、玄関まで……」

「はい――」

声が切れる。炎真は篁を睨んだが、なにも言わなかった。しばらく待つと、ガチャリとドアの鍵が外れる音がした。すかさず炎真が強くドアを引く。

「きゃあっ」

引きずられるように初老の女性が転がりでてきた。

「あ、すみません、大丈夫ですか」

篁があわててそのからだを支える。女性はやや小太りで、水色のジャージの上下を着ていた。髪は切りっぱなしのセミロングで白髪が交じっている。

「なんなんですか」

さすがに女性は抗議の声をあげる。その鼻先に炎真は文庫を突きつけた。

「この本のことで聞きたいことがある」

「――え?」

女性は小さな目をパチパチとまたたいた。

「こいつは武蔵野市の図書館の本だ。なぜゴミに出そうとした」

「と、図書館の本？」

女性は驚いたように炎真と本を見比べた。

「知らなかったのか？」

炎真は本の裏表紙を見せた。女性は貼ってあるシールに初めて気づいた顔をした。

「ふ、袋に入っているのを縛っただけだから……図書館の本ならすみませんでした」

彼女は本当に気づいていないようだった。公共の本を捨てようとしたことをとがめられている、とうろたえているらしい。

「この紙袋は誰が出したんだ」

「それは――」

「この家にはおまえ以外の誰がいるんだ？」

「……っ」

女はいきなりドアノブを両手で持って閉めようとした。だが外からノブを片手で握っている炎真は、ぴくりとも動かない。

「篁、行け」

炎真が言うと、篁は女性の横をすり抜け、「お邪魔します」と玄関に入った。

「だ、だめ！　やめて！」

女性はドアノブから手を離し、篁を止めようとした。その手をかわして篁は廊下にあがる。炎真と佳帆も玄関に入った。

「やめてやめて！　なんなのあんたらっ！　警察っ、警察呼ぶわよ！」

炎真はくるっと女の方を振り向いた。

「呼んでいいのか？」

その言葉にはっと女の顔がこわばる。本当に写真に撮ったようにすべての表情が止まった。

「………」

炎真はもう振り向かず、篁のあとを追って二階へあがった。佳帆はちらっと女性を振り向いた。彼女は床に両手をつき、さっきと同じ顔で空を見つめていた。


二階にあがるとすぐに佳帆はその香りに気づいた。金木犀《きんもくせい》やバラ、石鹸《せっけん》、果物……いろんな香りが混ざり合い、充満し、息苦しいほどだ。芳香剤らしい。

「なに、これ……」

「佳帆さん」

篁がハンカチを差し出す。佳帆はそれを受け取り、鼻をふさいだ。

「あなたはここで待っている方がいいです」

「な、なんで？」

炎真は廊下に置いてある芳香剤のボトルを蹴飛ばした。

「こんなものをどんなに置いても、一度気づいた腐敗臭は消せない」

「フハイ……？」

「四八時間たてば死後硬直は緩解し始める。そこからは腐敗が一気に進行する」

炎真の言葉の意味が頭に入ってくるのが遅れた。むわっとした花の香りの中のかすかな異臭を感じた方が先だった。

「腐敗って……死後硬直って……」

言葉を繰り返す佳帆には目をくれず、炎真はドアをドンッと一回叩く。

「開けろ！」

部屋の中からはなんの音もしない。代わりにミシミシと、炎真の握っているドアノブが音をたてた。

「結唯が……いるの……？」

佳帆はふらふらとドアに近づいた。篁がそのからだを背後から押さえる。

「佳帆さん、待って」

「いるんでしょう？　結唯が、結唯がその中に……」

佳帆は肩を動かして篁の手を振りほどこうとした。

バキンと何かが壊れる音がした。炎真が廊下に投げ捨てたのはドアノブだ。足で蹴ってドアを開けると、雑誌が中から飛んできた。

「おっと」

二冊、三冊と投げられる雑誌をたたき落とし、中に入る。佳帆も篁の手を振りきって、部屋の中に足を踏み入れた。

部屋の中は廊下よりも花の匂いが強かった。そして他の臭いも湧き上がるように佳帆の鼻を打つ。

カーテンが閉め切られている部屋は真っ暗で、パソコンの画面だけが光源だった。部屋の中のベッドの上に男がうずくまっている。ベッドにかけられた毛布は少しもりあがっていた。

「どけ」

炎真はベッドの上の男に低く言った。男は投げるものを探しているようだった、あとは枕くらいしかない。その枕を振り上げて飛び掛かってくるのを、炎真は片手で払った。男はもんどりうって壁にぶつかる。

「な、なにもしてない！」

男は床に這いつくばってそうわめいた。炎真を見て、入り口に立つ佳帆を見て、救いを求めるように両手を差し出した。

「なにもしてないんだ。暴れるから押さえようとして――あいつが勝手に倒れて頭を打ったんだ！　いろいろ考えてたのに、会って話したかっただけなのに暴れるからっ。俺のせいじゃない、俺のせいじゃないんだ！」

「だまれ」

炎真は男の顔の横を足で蹴った。大きな音とともに壁に穴が開く。

「帰宅途中の女子高生を無理やり家にひっぱりこんで、お話ししたかっただあ？　暴れるにきまってるだろうがっ！」

「毎日下を通る彼女と話をしたかったんだ！」

男が泣きわめく。

「それだけなんだ、殺すつもりなんてなかったんだ……！」

「身勝手な話だな」

炎真は壁に置いた足の上に肘をのせて身を乗り出した。

「おまえにはきっちり罰を受けてもらう。此岸でも彼岸でも」

男の額に輪にした指を押し当てる。

「地獄でまた会おう」

ゴンッと音がしたと同時に男の首が後ろに折れ曲がる。ずるずるとそのからだが壁に沿って崩れた。

　炎真は男から離れるとベッドに近づき、上の毛布をそっとはいだ。佳帆は一瞬呼吸を忘れた。ベッドの上には自分と同じ、高校の制服があった。白いブラウスの上に赤い染みが見える。

「……やあ、前田結唯」

　炎真の囁きは聞いたことがないほど、優しく穏やかだった。

「家に帰るぞ」

四

　そのときのことを実は佳帆はよく覚えていない。篁がどこかに電話をかけていたようだった。そのあと家を離れ、パトカーがその家に集まるのを少し遠くで見ていた。

　やがて家の中から、男と女性が連れ出され、それからビニールシートにくるまれた細長いものが運び出されるのを見た。

　ぎゅっと手を握ると、誰かが柔らかく握り返してくれた。

佳帆の葬式は三日後に行われた。学校の友達が大勢参加した。

白い布に包まれた結唯の顔はわからなかった。柩《ひつぎ》はすぐに花でいっぱいになった。

火葬場には行かなかった。結唯が焼かれるところなんか見たくなかったから。


日常はすぐに戻ってきた。佳帆は自分が友達とおしゃべりをして、授業を受けているのが不思議だった。

あれほど仲のよかった親友が死んだのに、自分の日常が変わらないのが不思議だった。

そう、あれから変わったことといえば、芳香剤の匂いがだめになったことだ。どんなに控えめでも人工的な花の香りを嗅ぐと気分が悪くなった。

「佳帆さん」

家への道をうつむいて歩いていた佳帆は、呼ばれて顔をあげた。背の高いほっそりした優しい顔の男と、不機嫌そうな顔をした男が目の前に立っていた。

「あ……小野さん……」

「小野と大央です」

篁はにっこり笑った。

「これを渡すのを忘れていたので」

篁が差し出したのは文庫だった。夏目漱石の『こころ』。

「――」

急に心臓がドキドキしてきた。口の中がしゅっと渇いた気がする。呼吸ができなくなり、佳帆は自分の首に手をあてた。

「大丈夫ですか？」

篁の手が背中を撫でてくれる。温かな体温が上下するのに合わせて、佳帆はようやく息を吸うことができた。

「夢じゃなかったんだ……」

佳帆は顔をあげて篁を見た。

「あそこに行ったこと……夢みたいな気がしていました」

「佳帆さんが途中で気を失ったので」

篁は気づかわしげな表情で佳帆を覗き込んだ。

「家にお送りしたんですよ。目が覚めたらご自分のベッドだったので夢のように思えたんでしょう」

「うん……ママが大丈夫？　って、何度も何度も……」

佳帆は少しだけ笑ったあと、「あの、」と篁の服の袖を摑んだ。

「新聞やテレビじゃよくわからなかったの。あいつ、どうなったの？　どうして結唯を殺しちゃったんですか？」

「そこにちょっと座りましょうか？」

篁はガードレールを目で示した。佳帆は素直にうなずいて、あとに続いた。

「あの男は江口基《えぐちもとい》という名前でここ一〇年ほど引きこもっていたようです。毎日窓から結唯さんの姿を見ていて、好意を抱いたんです」

その言葉に佳帆は嫌悪を含んだ視線で篁を見た。篁は軽くうなずくと、話を続けた。

「それであの日、――結唯さんが佳帆さんと別れた日、家の前で待ち伏せして、ひきずりこんだんです」

「……」

「彼のお母さんはその日留守だったようで、知らなかったと言ってます。ただ最近息子の様子がおかしかったことには気づいてました。芳香剤を買ってこいと何度も言われたと言ってました」

「……臭いがするから……」

「はい」

篁は足の間に両手を下げ、指を組んだ。

「江口は……犯行自体は前から計画してたようですが、結唯さんの対応が彼の想像と違ってうろたえたようです。江口はすぐに結唯さんが打ち解けてくれると思ってたようなんですが……まあ、無理ですよね。抵抗する結唯さんを押しとどめようとして、体を強く押したら結唯さんが倒れて頭を打ったらしいんです。血を見て江口はパニックになり、首をしめたと言ってます」

「そんなの……」

佳帆はぎゅっとスカートのひだを握った。

「そんなことで……なんで結唯が死ぬの？　死ななきゃならなかったの？」

「運が悪かったとしか……」

「酷い……」

佳帆は両手を顔にあてて泣きだした。篁は丸くなった背中をそっと撫でる。

「結唯が可哀相すぎる……そんな、そいつのエゴのせいで……結唯の人生が終わりになっちゃうなんて……」

「そうですね。ほんとうに可哀相です」

「それでおまえは泣いているだけか？」

炎真の冷たい声に佳帆はびくっと顔をあげる。炎真は腕を組んで佳帆を見下ろしていた。

「だって、……どうしろっていうんですか、結唯は死んじゃって、あたしはなにもできません！　結唯みたいに将来のことも考えてないし、夢もないのに！」

佳帆は目眩がするほど激しく首を振った。

「……そうよ、なにもない。あたしが、あたしが死ねばよかった。あの日、結唯と別れなければよかった。ひとりにしなきゃよかった。あたしのせいだ、結唯が死んだのはあたしの……！」

「八つ当たりはよせ」

静かに言われたのに、佳帆は頬を張られたように顔をあげた。

「やつ……あた、り……？」

「おまえは自分に八つ当たりしてるだけだ」

炎真の黒く透明な瞳が佳帆を見つめる。

「前田結唯は死んだ。おまえは生きてる。死者と生者の違いはなにかわかるか？」

「そ、んなの」

佳帆は首を振る。死者と生者？　そんなの死んでるのと生きているのと……。

「おまえはなんでもできる。それが生者だ。死者の記憶や思いも取り込んでな」

「あたし……あたしにできることなんて……」

「考えろ、行動しろ」

佳帆は顔を覆った。いつも結唯の陰に隠れていた自分にできることなんかない。夢を持っていた結唯、殺されてしまった結唯、たった一七で死んでしまった結唯。

助けられなかった、助けたかった。助け……たかった、助け、たい。

「――あ、」

助けたい、助ける。救う、あたしが。――あたしが？

目の前が開けた気がした。結唯の死体が見つかってから、ずっと不透明な膜が目の前を覆っていたようだった。自分が歩いて話して笑っていても、どこか遠くで見ているような感覚だった。

だが今。

その膜がさっと消え去ったような気がする。

考える。行動する。そして結唯のように死ぬ女の子を救う。

生きているからそれができる。

「あたしに……できる……？」

「できますよ」

篁は佳帆の手に『こころ』を持たせた。柔らかく、微笑みかける。

「あなたはなんでもできるんです」

佳帆は手の中の文庫に視線を向けた。結唯の読んだ本だ。

ぽとりと表紙に涙が落ち、佳帆はあわててぬぐった。文庫は春の日差しにぬくもり、暖かく感じられた。

これを読んで考えよう。私にできること、これからできるかもしれないこと。

二度と結唯のときのような悲しい出来事が起こらないようにするために。

すぐには結唯みたいに行動できないかもしれない。でも少しずつ、自分にできることを見つけて行動してみる。

だから。

見守っていて、結唯。

（うん……）

結唯の声が聞こえた気がした。

（ありがとう、佳帆）

佳帆は驚いて顔をあげたが、目の前には誰もいなかった。炎真も篁も。

佳帆はとまどい、ガードレールから腰をあげた。

「いっちゃったの……？」

視線が道路に向いたとき、横断歩道のシマシマの上を少女が歩いていくのが見えた。

「結唯……」

少女は軽やかに歩いて道を渡り切ると、そのまま消えてしまった。

「結唯……」

私も歩かなきゃ。

佳帆は文庫を鞄《かばん》に入れた。これを図書館に返却して、そして今度は自分で借りる。

「読んだら感想を伝えにいくよ、結唯」

佳帆は歩きだした。走り出した。未来に進むために。

終

「スイーツバイキングはいかがでしたか、炎真さん」

アパートに帰って来た炎真と篁に向かって、箒《ほうき》を手にした地蔵がにこやかに声をかけた。ふたりは膨れた腹を抱え、よたよたと歩いている。

「……ちょっと張り切って……食べ過ぎました」

「食っても食ってもなくならない……地獄だ、スイーツ地獄だ……」

「でも隣のテーブルの女子たち……完全に僕らより食べてましたよね」

「いったいどこに入ってるんだ、あいつら……」

そんな二人を見て地蔵は満足そうな顔をした。

「喜んでいただけたみたいで嬉しいですよ。ところで小《お》ざきの羊羹がござんすが、部屋で一緒にいかがですか？」

始発で並んでも手に入らないと言われる幻の羊羹。以前、地蔵に食べさせてもらって以来、炎真がなにを差し置いても手を出す逸品だ。

「ああ、でもスイーツバイキングでもう何も入りませんよねえ。司録と司命とでも食べましょうか」

地蔵は箒を肩にかつぐと、長い髪を翻して部屋に戻ろうとした。その肩を炎真ががっつり摑む。

「食う……！」

「無理なさらないでおくんなさい。全身チョコレートなんでござんしょう？」

「小ざきの羊羹なら、死んでも食う！」

地蔵はくすくす笑いながら片目をつぶる。

「ではとびきりおいしいお茶でも淹れましょうか。いらっしゃい、お二人さん」

炎真と篁は悲壮な顔で地蔵についていった。これから地獄のような天国が味わえる。

炎真の楽しい休暇はまだまだ終わりにはならないようだ。

—本書のプロフィール—

本書は書き下ろしです。

小学館文庫

えんま様《さま》の忙《いそが》しい49日間《にちかん》
散《ち》り桜《ざくら》の頃《ころ》

著者 霜月《しもつき》りつ

二〇一八年十二月十日 初版第一刷発行

発行人 岡 靖司
発行所 株式会社 小学館
〒一〇一-八〇〇一
東京都千代田区一ツ橋二-三-一
電話 編集〇三-三二三〇-五六一六
販売〇三-五二八一-三五五五
印刷所――――図書印刷株式会社

ISBN978-4-09-406591-6